손가락이

간질간질

강 병 융
장편소설

손가락이

My Itchy
Middle
Finger

간질간질

한겨레출판

하늘나라에 먼저 간 동생 강병민에게 바칩니다.

I dedicated this book to my brother, Byoung Min.

차례

2부

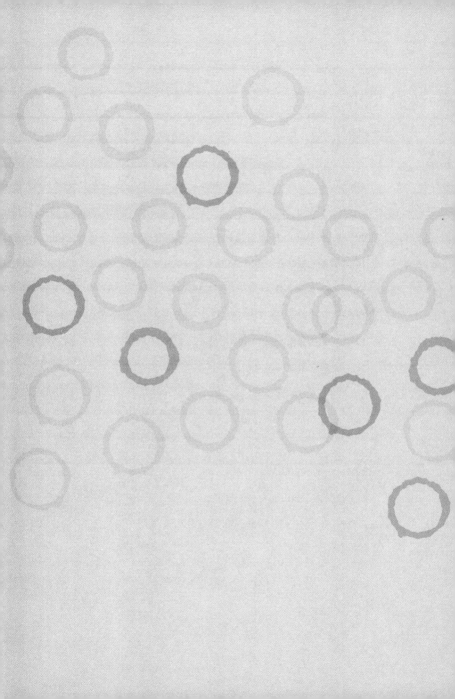

1부

01. 끝날 때까지 끝난 게 아니다

시작은 절대 반이 아니고, 끝날 때까지 아무것도 끝난 게 아니다.

인생도, 또 야구에서도 그렇다.

아직 경기가 끝나지 않은 9회 말 투아웃에 감독이 똥을 씹다 만 표정으로 마운드에 올라간다. 감독에겐 마운드가 산처럼 높게만 느껴진다. 표정에 피곤이 역력하다. 걱정이 많을수록 더욱 무심한 척하는 감독. 하지만 그게 더 티가 나는 감독. 그는 얼굴에 잔뜩 묻은 긴장과 걱정을 사람들 앞에서 아닌 척 털어낼 줄 모른다. 그가 아이에게 지극히 평소처럼 묻는다.

— 마, 괜안나? 아이믄 아이다 말해라.[1]

전혀 '괜안을 리' 없는 아이는 그냥 괜찮은 척, 아무렇지
도 않은 척 고개를 끄덕인다. 다른 방법이 없다는 걸 아이도
잘 안다. 그래서 왼손으로 글러브 속에 있는 공을 꽉 움켜쥔
다. 어차피 곧 있으면 마운드 위에 홀로 남게 된다는 사실을
너무나 잘 아는 아이. 포수는 감독의 시선을 피해 눈을 깔고
죄 없는 투수판[2]만 통통 찬다. 마운드에 먼지가 날린다.

감독은 1회 초 무사라고 생각하면 된다고 말한다.
아이도, 포수도, 심지어 말을 뱉은 감독조차도 그럴 수 없
다는 것을 빤히 안다.
실제 상황은 9회 말 투아웃이다.

그리고 만루다.
그리고 결승전이다.
마운드의 먼지가 가실 때까지 아무 말도 하지 않는 감독.

....
1 사투리 자문: 배대우
2 투수가 타자에게 공을 던질 때 밟는 판. 내야의 가운데에 위치한다.

감독은 9회 말 시작과 함께 아이를 마운드에 올려 보냈다. 아이는 팀에서 가장 믿을 만한 투수이자, 결승전 마운드에 마지막으로 나서 승리를 만끽할 자격이 충분한 선수이자, 강력한 최우수 선수 후보였다. 이 대회에서 가장 많이 던진 투수이기도 했다. 믿을 만해서 더 피곤해진 선수.

아웃 카운트 세 개만 책임지면 되는 상황이었다. 등판은 감독의 배려였으며, 아이도 그 배려에 보답할 준비가 되어 있었다. 그것은 승리를 위한 감독의 유일한 선택이었고, 아이도 그 선택을 이해했다.

구위는 평소와 다를 바 없었다. 선두 타자인 3번 타자를 3구 삼진으로 가볍게 처리했다. 관객들은 환호성을 질렀고, 감독은 미소를 띠었다. 4번 타자가 친 공은 2루수 앞으로 힘없이 통통 굴러갔다.

관중석에서는 응원단이 교가를 부르기 시작했다. 마지막 타자가 될 줄 알았던 5번 타자를 만나, 공 다섯 개를 던졌는데 그중 네 개가 볼이었다. 결국 5번 타자에게 '불행의 씨앗'인 볼넷을 선사했다. 그때까지만 해도 아이는 웃으며 감독이 평소에 자주 하던 말을 떠올렸다. 관중석의 교가 역시 멈추지 않았다.

― 방구 한번 꼈다고 똥 나오는 건 아이거든. 볼넷 하나 줏
다꼬 점수 나는 것도 아이다. 방구 쪼매 꼈다꼬 어데 똥 싸드
나. 점수 쪼매 났다꼬 경기 지는 거 아이다.

감독이 만들어낸 더러운 비유를 선수들은 싫어했다. 감독
은 선수들이 싫어하는 걸 빤히 알고도 그 말을 자주 사용했
다. 어떤 선수들은 밥맛이 떨어진다고 투덜거렸다. 물론, 감
독 뒤에서. 아이는 그 얘기를 들을 때마다 감독의 방구를 생
각하며 그저 피식 웃곤 했다.

한 번만 나올 줄 알았던 방구가 두 번이나 더 나왔다. 그
리고 곧 뭔가가 몸 밖으로 나올 태세다. 현재 장 상태로는
방구 한 번이면, 바로 배변도 충분히 가능하다. 아이는 어떡
해서든 배변만은 막고 싶어서 생각에 빠진다. 설사인가? 사
실 갑자기 배가 아픈 건 방구 때문이 아니다. 섭취한 음식
때문이다. 감독의 비유가 시시껄렁해진다.

아이는 승리를 지키고 싶다. 반드시 승리하고 싶다. 더군
다나 결승전 아닌가.

세 타자 내리 볼넷.

그리하여 9회 말 투아웃 만루.

마침내 1점 차 벼랑 끝 승부 앞에 아이가 서 있다.

감독은 그렇게 전혀 괜찮지 않은 상황에 올라와 괜찮으냐고 계속 묻고 있다. 괜찮다고 우기고 있는 꼴이다. 바꿀 투수도 없으면서 힘들면 말하라고 한다. 언제든 바꿔주겠다며. 감독 대신 포수가 미안한 표정을 짓는다. 포수는 기억하고 있다. 대회 기간 내내 아이가 얼마나 많은 공을 던졌는지, 또 얼마나 세게 던졌는지도.

게다가 감독은 9회 말인데, 1회 초처럼 던져달라고 한다. 주자가 꽉 차 있는데, 주자가 없는 상황으로 생각하란다.

아이가 고개를 숙인 채 아무 말도 하지 않자, 감독은 귀를 만지작거리기 시작한다. 처음에는 귓불 주위를 살살 만지더니 나중엔 아예 귓구멍에 손가락을 쑤셔 넣고 본격적으로 후빈다. 이렇게 만루가 된 것이 간지러운 귀 때문인 양 거기에 화풀이를 한다.

상황에 어울리지도 않는 말을 몇 마디 던진 뒤 감독은 귀를 긁으며 아이의 어깨를 통통 치고, 포수의 머리도 통통 만지더니 마운드에서 내려간다. 위로가 될 리가 없다. 마운드 위에는 이제 아이 혼자다. 어깨가 무겁다. 상징적인 의미가 아닌, 진짜로 아이의 어깨에 피로감이 묵직하다. 감독은 더그아웃[3]에서 계속 귀에 화풀이 중이다. 어쨌든 던져야 끝이다.

아이가 힘차게 와인드업windup[4]을 한다.

속구다. 빠른 공이 자로 잰 듯 일직선으로 홈플레이트[5]를 통과한다. 심판이 외마디로 외친다. 스트라이크! 포수에게 공을 돌려받은 아이는 거의 인터벌[6] 없이 다시 속구를 뿌린다. 다시 스트라이크. 노 볼 투 스트라이크에서 포수가 사인을 건넨다. 포수도, 아이도 이제 마지막이길 바란다.

포수가 보낸 사인은 투심 패스트볼two-seam fastball[7].

역시, 결정구는 가장 자신 있는 투심 패스트볼이다.

아이는 고개를 끄덕인다. 그리고 정성스럽게 검지와 중지를 야구공 실밥에 건다. 그립감이 좋다. 공이 평소보다 작게

....

3 경기가 진행되는 동안 감독, 선수, 코치 들이 대기하는 장소.
4 투수가 공을 던지기 전에 팔을 크게 돌리거나 양손을 머리 위로 들어 올리는 동작.
5 주자가 득점할 때 밟는 오각형의 베이스.
6 투구와 투구 사이의 시간적 간격. 타자의 타격 타이밍을 뺏거나 제구력을 높이기 위해 보통 인터벌을 길게 가진다.
7 검지와 중지를 야구공의 실밥seam에 나란히 얹은 채 던지는 구종.

느껴진다. 손안에 착 감긴다. 이제 하나만 제대로 던지면 된다. 딱 공 하나만 더 홈플레이트를 통과하면, 타자의 겨드랑이부터 무릎 사이로만 지나가면 끝이다.

그러면, 우승이다.

마지막 와인드업을 하려는 순간, 중지 끝이 살짝 간지럽다. 아이는 글러브 안에서 공을 잠시 놓고, 엄지로 중지를 긁어본다. 여전히 간지러움은 가시지 않는다. 가운뎃손가락 안쪽에 벌레가 기어 다니는 느낌이다. 불쾌하기 짝이 없다. 이번에는 글러브를 벗고 오른손으로 왼손 가운뎃손가락을 제대로 긁는다.

벌레 한 마리가 손가락 표피 안쪽에서 통통 뛰어다니는 느낌이다.
가려움의 양상이 불규칙해서 더욱 불편하고 불쾌하다.
예측할 수 없는 것들이 주는 불쾌감의 위력.

더그아웃에서 감독이 귀를 긁으며 아이를 빤히 본다. 몹시 걱정스러운 눈빛이다. 포수도 근심 어린 눈으로 아이를 본다. 아이는 짜증이 치민다. 이런 느낌으론 투심은커녕 캐치볼도 못 던질 것 같다. 삽시간에 기분을 엉망으로 만드는 가려움, 불쾌한 이물감이 좀체 가시지 않는다. 손가락 속 벌레가 자꾸 늘어나는 것 같다. 하나, 둘, 셋, 넷……. 손가락 안쪽에서 이리저리 뛰어다니고 있을 벌레들을 상상하니 더욱 답답해진다. 마운드에서 내려가고 싶다. 잠시라도 쉬고 싶다. 하지만 그럴 순 없다. 마운드는 쉬는 곳이 아니다.

여기서 할 수 있는 일은 오로지 던지는 것뿐이다.

참아야 한다는 걸 안다.
운동을 하다 보면 몸소 알게 된다. 삶에서 인내해야 하는 순간이 얼마나 많은지를. 참는 것이야말로 온전히 혼자 감당해야 한다는 사실을.
운동을 해보면 안다.
이 순간을 버텨야 한다. 아이는 이를 참기 위해 이를 악문다. 이 고비를 넘고, 참아내고, 이겨내야 쉴 수 있다는 것을 안다. 승자만이 제대로 쉴 수 있다는 것도 안다. 이를 악물고, 실밥 위에 다시 중지와 검지를 가지런히 올려놓고 와인드업을 한다. 간지러움을 참기 위해 손가락 끝에 단단히 힘을 준다.

평소보다 과한 키킹^{kicking} [8]. 아이의 긴 왼팔이 허공을 가른다. 실밥을 긁어내리며 공을 던져야 하는 순간, 투심을 제대로 던지는 데 가장 중요한 그 순간, 결승전의 승자가 결정될 수도 있는 순간, 왼손 가운뎃손가락 끝이 결정적으로, 강력하게, 견딜 수 없게, 짜증스럽고도 몹시 어이없게, 마구 간지럽다.

당장 투구를 멈추고, 글러브를 집어 던지고, 마운드에서 통통 뛰고 싶을 정도로 간지럽지만 멈출 수 없다. 이미 허공을 가른 팔을 회수할 순 없다. 당장에라도 손가락을 덮고 있는 살갗을 확 벗기고 그 안을 기어 다니는 벌레들을 싹 다 잡아 죽이고 싶지만, 보크^{balk} [9] 하나면 바로 동점이다. 그러다 똥을 싸게 될지도 모른다. 지키고 싶은 승리를 날려버릴 수도 있다.

아이는 가운뎃손가락 끝을,

선수들과 관중들은 아이의 가운뎃손가락 끝을 떠난 공 끝

....

8 투구 때 다리를 들어 올리는 동작.

9 주자가 베이스에 있을 때 투수가 규칙에 어긋나는 투구 동작을 하는 것. 보크가 선언되면 베이스에 있던 주자는 모두 다음 베이스로 자동 진루한다.

을 보고 있다.

경기의 운명을 결정지을 공은 이미 아이의 손을 떠나 허공을 가르고 있다. 힘없이 움직이면서 딱 치기 좋게, 아주 여유롭게 홈플레이트에 접근한다. 아이의 눈에도 공의 움직임이 뚜렷이 보인다. 공은 답답할 정도로 느려서 당장 건너뛰고 싶은 슬로비디오 화면처럼 몹시도 천천히 타자에게로 간다. 어서 나를 좀 쳐달라고 애원하며 홈플레이트로 향하는 공을 보면서 아이는 너무나 슬프다. 마운드에 그대로 주저앉고 싶다. 손가락이 원망스럽다. 벌레들이 원망스럽다. 그럼에도 공은 무심하고도 태연하게, 축구 경기에서나 볼 수 있는 무회전 프리킥처럼 회전도 없이, 무브먼트movement[10]도 하나 없이 각별한 저속으로 포수 미트를 향해 비행한다. 아이는 그저 타자가 실수해주길, 혹은 놀라운 호수비가 펼쳐지길 바라고 있다. 이번 경기는 물론이고, 대회 전체의 주인공이 될지도 모를 상대 타자는 진지하다. 눈빛이 매섭고, 날카롭고, 번뜩이기까지 한다. 활활 불타오른다. 하지만 결정구가 투심이 될 것으로 확신하고 있었던 그는 평소와 똑같은 투구 폼에서 날아오는 어이없이 느린 직구에 타이밍을

---

10 홈플레이트를 통과할 때 공 끝의 변화.

완전히 뺏긴다. 힘도 회전도 없이 날아가던 '간지러운' 직구는 홈플레이트 앞에서 90도로 고개를 숙인다. 타자는 투구의 괴상한 변화에 놀란다. 공은 그대로 사정없이 고개를 숙여버린다. 너무나도 완벽하게, 너무나도 비현실적인 각도로 뚝 떨어진다. 홈플레이트 코앞에서 하강해버린다.

이미 상체가 완전히 돌아간 타자는 엉덩이를 쭉 빼고, 놀란 눈으로 간신히 볼 끝을, 그것도 슬쩍 건든다. 공은 유격수 앞으로 힘없이 통통 굴러간다.

통통통통.

유격수가 통통 다가온 공을 잡아 광속으로 1루에 뿌린다.
동시에 경기 종료.
아이의 학교가 우승.
아이는 최우수 선수상.
감독은 최우수 감독상.

경기가 끝나자 감독은 선수들에게 우렁찬 목소리로 당당하게 말한다.

― 그래, 너거 덕분이다. 내사마 우리 우승한 거 너거한 테 윽시 고맙구로 생각하고 있는데……. 이거 눈물 아이다. 서울 먼지가 눈에 쫌 들어가가 이 뭐 자꾸 눈에서 삐지고 나 오네.

아무도 물어보지 않았는데 감독은 자신이 흘린 눈물에 대해 고백해버린다. 물론 그 고백에 아무도 관심을 갖진 않는다. 아이는 대회를 후원한 스포츠 신문사의 기자와 인터뷰를 한다. 가운뎃손가락은 인터뷰 중에도 계속 간질거린다. 계속 간지럽고, 간지럽고, 간지럽고도 간지럽다. 아이는 가운뎃손가락이 간질간질할 때 대처하는 방법을 배운 기억이 없다. 도무지 그 원인을 찾을 수 없다. 인터뷰라는 중요한 순간에 집중하지 못한다. 기운이 어디론가 통통통 떨어져나 간 느낌이다.

아이는 생각한다.

이제 좀 쉬고 싶다고.
단것이 먹고 싶다고.

02. 브라더, 시스터 그리고 백이

무슨 얘기를 듣고 싶으세요?

어디서부터 시작할까요? '브라더' 얘기부터 할까요?

언제부턴가 나이가 많은 남자 형제를 '브라더'라고 불렀
어요. 커서도 그게 고쳐지지 않아 그냥 브라더라고 부르고
있어요. 나는 그게 편해요. 부르는 사람이 남자든 여자든 상
관없는 그런 호칭이 좋아요. 브라더는 무뚝뚝하고 말이 없
는 사람이에요. 엄한 아버지의 가면을 쓰고 있는 사람이라
고나 할까요?

우승을 하고 들어왔는데, 브라더가 영 기운이 없어 보였
어요. 무슨 일이 있나 싶어 집 안을 살펴봤죠. 브라더가 하

나밖에 없는 친동생의 결승 경기를 직접 보지 못해 미안하고 아쉽다고 말했어요. 전혀 브라더답지 않은 모습이었어요. 브라더는 그런 말을 하는 사람이 아니었거든요. 먼저 인사를 하면 대꾸랍시고 그저 고개만 끄덕이고 마는 사람, 기뻐도 입꼬리가 쉽게 올라가지 않는 사람, 감정이 표정에 드러나지 않는 사람, 동생이 하는 야구는 물론이고, 스포츠 자체에 아무런 관심도 없는 사람이거든요. 그런데 그런 브라더가 우승을 축하한다는 말도 했어요. 제 귀를 의심했죠. 다정한 목소리에 진심이 꽉 담긴 말투였어요. 그것도 평소 모습과는 거리가 아주 멀었어요.

브라더와 늘 함께하던 시스터가 그날따라 보이지 않았어요. 브라더의 아내를 시스터라고 불렀어요. 나는 그게 편해요. 부르는 사람이 남자든 여자든 상관없는 그런 호칭이 좋아요. 브라더와 시스터는 늘 붙어 다녔는데 그즈음 둘 사이에, 그게 뭔지는 모르겠지만 뭔가가 있는 것 같았어요. 싸운 것 같지는 않았지만 사이가 멀어진 것 같기도 했어요. 집 안에서도 자주 손을 잡고 있던 두 사람이었는데, 최근엔 도통 그런 모습이 보이지 않았어요. 큰소리를 내진 않았지만 욕실 앞에서 뭔가 심각하게 얘기하는 모습을 본 적도 있었어요. 확실히 이상했어요. 굳이 이유를 알고 싶지는 않았지만, 그래도 집 안에 감도는 기운이 묘하게 거슬렸어요. 무엇보다 갑자기 너무 다정다감하게 구는 브라더가 신경 쓰였어요. 물론 우승 때문이긴 했지만, 술을 진탕 마시고 들어온 내게 브라더는 그 흔한 잔소리 한마디 하지 않았어요. 물론 내가 전혀 취하지 않아 보여서 그랬을지도 모르지만, 암튼 너무 이상했어요.

분위기를 돌리려고 시스터는 어디 있느냐고 물었어요. 브라더는 대답하지 않았어요. 분명히 내 말을 들은 것 같은데, 못 들은 척하는 것 같았어요.

방으로 들어가 쉬려는데, 브라더가 나를 불렀어요. 손가락이 아닌 목소리를 내서 나를 불렀어요. 평소에는 손가락으로 오라 가라 하곤 했는데, 그날따라 육성으로 불렀던 거죠. 진심을 담아 불렀던 거죠. 그런데 그 목소리에 힘이 하나도 없었어요. 역시 평소 같지 않았죠. 브라더는 축 처진 어깨를 한 채 식탁에 앉으라고 했어요. 내가 앉자, 냉장고에서 소주와 김치를 꺼냈어요. 찬장에서 투명한 유리잔도 꺼냈죠. 그 잔은 술이 아니라 물을 마시는 잔이었죠. 그 전까지 우리 집 냉장고에 소주가 있다는 사실을 전혀 몰랐어요. 그러고 보니 집에서 술 마시는 브라더를 본 기억이 없었어요.

브라더는 투명한 물 잔에 소주를 한가득 부어주면서 야구가 그렇게 좋으냐고 물었어요. 나는 마운드에서 감독님의 말을 들을 때처럼 아무렇지도 않은 척하며 소주를 들이켰어요. 그리고 공부보다는 훨씬 좋다고 했죠. 소주가 썼어요. 달콤한 것이 먹고 싶었어요. 시스터가 챙겨주던 오레오가 생각났어요.

브라더는 야구가 그렇게 좋으면 야구랑 결혼하라고 했어요. 굳이 사람이랑 결혼할 필요가 없다면서. 어이가 없어서 헛웃음도 안 나왔죠. 하지만 아무 말도 하지 않았어요. 브라더가 평소와 달랐기 때문이에요. 나는 키득거리지도 않았고, 브라더를 무시하는 표정을 짓지도 않았어요. 억지로 웃어주지도 않았죠.

연신 술잔을 비우는 브라더의 얼굴이 창백했거든요. 너무 창백해서 투명해진 것 같기도 했어요. 시스터의 행방을 생각하면서 엄지로 중지 끝을 긁었어요. 경기 후에도 왼손 가운뎃손가락은 계속해서 간지러웠어요. 당분간은 공을 던질 일이 없어서 그나마 다행이라 생각했지만, 신경이 쓰이지 않는 건 아니었어요.

달콤한 오레오를 딱 하나만 먹고 푹 쉬고 싶었어요. 하지만 브라더의 표정을 보면서 오레오를 먹겠다는 말도, 쉬고 싶다는 말도 할 수 없었어요. 정말 당과 휴식이 필요한 사람은 브라더 같았거든요.

내가 계속 손가락을 긁자 브라더가 다쳤느냐고 물었어요. 나는 대답 대신 시스터는 어디 있느냐고 되물었어요. 브라더는 좀 더 단호하게 손가락을 다쳤느냐고 물었어요. 나는 기어드는 목소리로 아니라고 답했죠. 시스터의 행방에 대해선 더 이상 묻지 않았어요. 브라더가 내 손가락을 보면서 혹시 아토피냐고 물었어요. 고개를 좌우로 흔들며 아니라고 말했어요. 브라더는 거푸 소주를 들이켰어요. 손가락이 간지러운 게 아토피 때문이면 좋겠다는 생각을 하면서 나도 마셨어요. 그렇게 금세 한 병을 비웠어요. 두 병째도 별말 없이 나눠 마셨어요. 취기가 돌 무렵, 브라더가 마지막 잔을 마시자고 했어요. 어색하게 건배를 하고 동시에 잔을 비웠어요. 브라더는 설거지를 하겠다며 일어섰어요. 나도 따라 일어났어요. 살짝 어지러웠어요.

설거지를 마친 브라더는 거실 소파에 누워 드라마를 봤어요. 평소에 쓰레기통이라고 비웃고 무시하던 텔레비전, 재활용 불가 쓰레기라고 욕하던 드라마를 보고 있었어요. 요즘 최고로 잘나가는 '가수 겸 배우인 소녀'가 주인공으로 등장하는 인기 드라마였어요. 브라더는 더없이 편하게 누워 있는데 그 모습이 이상하게 짠하고 슬퍼 보였어요. 그리고 어쩐지 불편해 보였어요. 나는 문득 서글퍼졌어요. 우승을 하면 세상이 좋은 방향으로 바뀔 줄 알았는데, 그렇지 않았 어요.

정말이지 우승만 하면 세상이 싹 바뀔 줄 알았어요.
정말이지 최우수 선수만 되면 그렇게 될 줄 알았어요.

신문에 내 이름이 크게 나고, 실시간 급상승 검색어로 뜰 줄 알았어요. 더 이상 언제까지 야구 할 거냐고 묻는 사람 도 없어질 줄 알았어요. 최우수 선수가 되면 메이저리그에 서 연락이 올 줄 알았어요. 미국은 아니더라도, 적어도 일본 에서는 연락이 올 줄 알았어요. '최초'라는 수식어를 달고 해외 무대에 설 수 있을 줄 알았는데. 관중석에 분명히 외국 사람들이 앉아 있었거든요.

그런데 완벽한 착각이었어요. 헹가래, 그게 끝이었어요. 그것도 딸랑 한 번. 물론 동료들의 헹가래도 나쁘진 않았어 요. 예전에 비하면, 정말 많이 나아진 것이었죠. 나를 한 팀 으로 인정해준 것이니까요. 그럼에도 아쉬웠어요.

방에 누워 멍하니 천장을 바라보는데 내 모습이 한심해 보였어요. 다 잊고 브라더 옆에 누워 드라마나 보고 싶을 정도였어요. 손가락은 여전히 짜증스럽게 간지러웠어요. 편하게 쉬고 싶었는데, 마음이 편하지 않았어요.

그때 천장에 한 사람의 얼굴이 떠올랐어요.

백이!

감정의 변화가 생길 때마다 보고 싶은 사람.

백이가 몹시 보고 싶었어요. 용기를 내서 백이에게 전화를 했어요. 신호가 몇 번 가지 않았는데, 백이가 전화를 받았어요. 백이의 목소리는 평소처럼 아주 다정했어요. 차분하고 다정한 목소리에 간지러움도 사라지는 것 같았어요. 간지러움이 스르르 녹아버리는 것 같았어요.

하지만 내 목소리와 백이의 목소리 사이에서 여전히 거리가 느껴졌어요. 백이는 평소처럼 내게 아픈 데가 없느냐고 물어봤어요. 힘들지 않으냐고 물어봤고, 고생했다는 말도 잊지 않았어요. 하지만 보고 싶다는 말은 하지 않았어요. 간지러운 곳이 있느냐고도 묻지 않았어요. 그저 친절하기만 한 전화 상담원과 대화를 나누는 기분이었어요.

갑자기 가운뎃손가락 끝이 못 견디게 간지러웠어요. 백이

를 못 만난다고 생각하니 참을 수 없게 간지러웠어요. 그래
서 백이에게 만나자고 했어요. 술기운 때문이었는지도 모르
겠어요.

너무 보고 싶다고 했어요.
너무너무 보고 싶다고 했어요.

너무 보고 싶었으니까요.
너무너무 보고 싶었으니까요.

백이는 아무 말도 하지 않았어요. 대답도 하지 않고, 화도
내지 않았어요. 싫다는 말도 하지 않았어요. 백이가 내 보고
픔에 응답하지 않을수록 손가락이 더 간지러워지는 것 같았
어요. 백이를 생각하면 생각할수록 더 간지러웠어요. 백이
만 만나면, 딱 한 번이라도 만나면 간지러움 따위는 싹 사라
질 것 같았어요. 그냥 그랬어요.
　얼마간 침묵한 후에 백이는 늘 그랬듯 아주 차분하고 다
정한 목소리로 아직은 준비가 안 되었다고 했어요. 그리고
진심을 담아 미안하다고 했어요. 백이의 목소리에서 조금도
거짓이 느껴지지 않았어요. 그래서 화를 낼 수도 없었어요.

백이는 한 번 더, 다음에 만나는 것이 좋겠다고 했어요.

　다음에 만나자고 했어요.
　다음에 꼭 만나자고 했어요.

　나는 그 '다음'이 무지 싫었어요. 기약이 없는 그 '다음'이
나를 짜증 나게 했어요. 다음이 또 그다음이 된다는 걸 너무
나 잘 알고 있었거든요.

　10년 전만 해도 어렵지 않게 백이를 만날 수 있었어요. 그
때는 내가 손을 잡아도 가만히 있었어요. 손을 잡고 다니는
우리를 보고 사람들은 예쁘다고 했어요. 사랑스럽다고 했어
요. 함께 놀이터에서 놀기도 했어요. 같이 슈퍼에 가서 과자
를 사 먹기도 했어요. 오레오 하나를 반으로 나눠 먹는 것을
좋아했어요. 누가 더 크림이 많은지 서로 확인하면서요. 골
목을 걸으며 조잘조잘 이야기도 많이 했지요. 서로 얼굴을
보면서 말이에요. 하지만 지금은 백이가 나를 피하고 있는
것 같아요. 아니, 분명 그러고 있어요.
　그 시절, 백이가 야구 선수들이 입은 하얀 유니폼이 너무
멋지다고 해서 운동을 시작했는데, 지금은 그 유니폼을 좋

아하지 않나 봐요. 직접 순백의 유니폼을 입은 모습을 백이에게 보여주고 싶었어요. 기왕이면 자랑스러워할 만한 이름이 등에 박힌 유니폼을 보여주고 싶었어요. 그래서 열심히 야구를 했어요. 정말 정말 열심히 했어요. 남들이 절대 안된다고 말해도 듣지 않았어요. 분명히 한계에 부딪힐 거라고 했지만, 역시 무시했어요. 그저 백이가 자랑스러워할 만한 선수가 되자는 생각으로 최선을 다해 달렸어요. 내가 야구 하는 것을 싫어하고 욕하는 사람들이 있었지만 그저 던졌어요. 그리고 던졌어요. 그리고 또 던지고.

드디어 어느 정도 그렇게 되었다고 믿었어요. 그런데 달라진 것은 없었어요. 백이는 늘 그랬던 것처럼 같은 톤으로, 똑같은 이야기만 반복했어요. 우리는 같으면서도 또 다르다고. 더 멀어져버린 느낌도 들었어요. 같으면서 다르다니.

더 이상 멋진 유니폼도, 야구에 대해서도 말하지 않는 백이가 야속했지만, 그래도 너무 보고 싶었어요. 백이를 이해할 수 없는 건 아니에요.

백이는 늘 자신이 평범한 사람이 아니라고 했어요. 입버릇처럼 그렇게 말했어요. 그래서 나를 만나는 것이 무척 조심스럽다고 했어요. 나도 그 정도는 알고 있었어요. 백이가 정말 특별한 사람이라는 것 정도는 알고 있었어요.

백이는 자신을 자주 만나다 보면 깜짝 놀라서 도망갈지도 모른다고 했어요. 내 마음을 몰라주는 백이가 야속했어요. 놀라 자빠져도 좋으니, 놀라 죽어도 좋으니 만나고 싶었어요. 하지만 뜻대로 되지 않았어요. 백이는 나와의 거리를 일정하게 유지했어요. 통화는 할 수 있지만, 만남은 절대 안 된다는 원칙 같은 것이 있었어요. 차라리 내가 싫다고 했으면 나았을지도 모르지만 백이는 사람들이 우리를 싫어할 거라고 했어요.

나는 백이가 만든 안전거리가 싫었어요. 지긋지긋할 때도 있었어요. 집 앞에서 기다려볼 생각도 했지만, 백이가 싫어하는 일을 하고 싶진 않았어요. 백이가 먼저 나를 찾기를, 그때가 빨리 오기를 간절히 바라고 또 바랐어요.

백이는 그렇게 항상 다음을 기약했어요. 부드러운 목소리로, 진심을 담아 다음을 약속했어요. 슬펐지만 다음을 기약할 수 있기에 희망의 끈을 놓지 않았어요. 그래서 때론 더욱 슬펐어요. 어쩔 수 없죠.

슬픔 없는 사랑은 없을 테니.

기다림 없는 사랑은 없을 테니.

백이는 작별 인사를 하며, 노래 한 곡을 보내주겠다고 했어요. 요즘 자신이 자주 듣는 노래라고 했어요. 새로 나온 노래인데, 들어보라고 했어요. 함께 듣자는 말은 하지 않았어요. 통화가 종료된 핸드폰으로 음악 하나가 도착했어요. 백이가 보내준 음악을 들으며 잘 생각이었어요. 화장실에 가려고 방문을 열자, 거실에서 브라더의 코 고는 소리가 크게 들렸어요.

분명 우승을 했지만, 세상은 하나도 달라지지 않았고, 브라더만 이상해졌고, 마지막 투구를 할 때처럼 가운뎃손가락 끝은 여전히 간지러웠어요. 그 이유를 도무지 알 수 없었어요. 세상이 그대로인 이유도, 브라더가 이상해진 이유도, 손가락이 간지러운 이유도.

어느새 서재에서 나온 시스터가 브라더를 깨우고 있었어요. 시스터는 나를 보고 웃고 있었지만, 너무 어두웠던 탓에 미소의 크기를 볼 수 없었어요. 나도 웃었지만, 시스터 역시 내 미소의 밝기를 볼 수 없었을 거예요. 웃음은 늘 밝을 때 더 빛나는 법이니까요. 브라더는 놀란 듯 벌떡 일어나 텔레비전을 껐어요. 그 모습을 지켜보는 동안에도 여전히 손가락 끝이 간질간질했어요. 두 사람은 함께 침실로 들어갔어요. 이상하게도 시스터의 옆구리가 휑하니 허전해 보였어요.

　침대에 누워 백이가 보내준 노래를 들었어요. 천장이 유난히 희게 느껴졌어요. 감미로운 목소리가 들려왔어요.

　　생각지도 못했던 허전함을 느끼네.
　　내 안에 숨겨둔 마음을 너는 알고 있을까?

　　누군가를 생각해.
　　함께 있는 너에게 내 안에 숨겨둔 마음을 보여줄 순 없겠지.[11]

　가수 겸 배우인 소녀의 신곡이었어요.

11　보여줄 순 없겠지 (언니네 이발관)

03. 코 막힌 자들의 도시

아이는 달콤한 늦잠에서 헤어나지 못한다. 눈을 떴지만 몸은 여전히 침대에 붙어 있다. 더 자고 싶지만 그렇게 되지 않는다. 몸이 그런 리듬에 맞춰져 있다. 운동선수의 일상에 길들어 있는 것이다.

지금이 꿈인지 현실인지 모호하다. 사방은 비현실적으로 조용하고 몸은 현실적으로 무겁다.

새하얀 천장에 어제의 일들이 영화처럼 쭉 펼쳐진다.

9회 말 투아웃 만루 위기에 던져진 낙차 큰 커브 그리고 우승.

최우수 선수상과 딱 한 번의 행가래 그리고 인터뷰와 감독의 횡설수설.

브라더와 마신 소주와 시스터의 허전한 옆구리 그리고 어색한 집 안 공기.

먹지 못한 달콤한 오레오.

백이와 통화한 뒤 받은 노래 그리고 백이를 향한 그리움.

자기 전에 들은 노래.

그리고 무엇보다도 손가락.

손가락.

손가락.

여전히 간질간질한 왼손 가운뎃손가락.

손가락을 떠올리자 간지러움이 도진다. 아이는 신경질적으로 가운뎃손가락을 박박 긁지만 차도는 없다. 침대에서 몸을 꿈틀거리지만, 통통 몸을 튀겨보기도 하지만 역시 변하는 건 없다. 간지러운 것은 그대로 간지럽다. 자기 전에 들었던 음악을 재생한다.

아이는 눈을 감는다. 조금만 더 이렇게 누워 있고 싶다. 좀더 쉬면 뭔가 바뀔 것만 같다.

생각지도 못했던 허전함을 느끼네.

내 안에 숨겨둔 마음을 너는 알고 있을까?

감미로운 목소리 사이로 익숙한 목소리가 들린다.

— 일어났어요?

시스터다.
시스터의 목소리다. 애써 밝은 척하지만 피곤이 묻어나는
목소리.
아이는 방문을 살짝 열고 고개만 내밀어 시스터에게 눈인
사를 한다. 시스터가 방문 틈으로 신문을 건넨다. 아이의 인
터뷰가 실린 스포츠 신문이다.

— 한 부 더 사라고 했어요. 특별한 내용이잖아요.

아이는 왼손 가운뎃손가락을 긁으며 환하게 웃는다.
시스터가 브라더에게 아이의 기사를 스크랩하게 한다는
얘기를 들은 적이 있다. 서재에서 가장 두꺼운 책이 바로 그
스크랩북이라는 걸 알지만, 아이는 단 한 번도 그 책을 펼쳐
본 적이 없다. 가슴이 아플 것이 뻔하기 때문이다. 아주 잠
시 아이의 머릿속에 힘들었던 시절들이 흑백 화면으로 스쳐
지나간다. 아이는 궁금하다. 브라더는 왜 그 어려웠던 시절

을 수집해두는 것일까?

전날 늦게까지 번역 일을 하고 아침 일찍 일어나 식사를 준비했을 시스터, 아침 일찍 신문을 사 와서 기사를 오려 스크랩을 하고 출근했을 브라더의 모습을 상상한다. 미안하고 고맙다. 아이는 브라더가 숙취 없이 회사에 잘 갔느냐고 물으려다 만다. 시스터에게 거세 이야기는 잘 풀리고 있느냐고 물으려다 역시 만다. 그냥 묻지 않는 것이 배려라고 믿는다.

시스터가 온화하게 웃으며 봉투를 내민다. 온화한 웃음 사이로 살짝 멋쩍음이 비친다.

― 많이 못 넣었어요. 오늘은 훈련 없을 테니 친구들도 만나고 좀 놀다 오세요. 술은 너무 많이 마시지 말고요.

아이는 미안하다. 봉투를 받으며 고맙다고 말한다. 그 말을 듣고 시스터가 더욱 고마운 표정을 짓는다. 아이는 신발 끈을 매며 뒤에서 지켜보고 있을 시스터를 떠올린다.

신문에 난 기사가 마음에 든다. '고교 야구, 새로운 유형의 스타'라는 표현은 구태의연하지만, 너무 전형적이라서 더 전형적인 표현이 떠오르지 않을 지경이지만, 마음을 흔들기에 충분하다. 새로운 성공의 전형이 되어가는 기분이다.

손가락 끝을 힘없이 빠져나간 마지막 공을 기사에서 '위기의 순간에 초강심장만이 던질 수 있는 과감한 폭포수 커브'라고 표현한 것도 아이를 흐뭇하게 한다. 아이는 신문을 읽으며 기분 좋게 왼손 가운뎃손가락을 긁는다. 기분이 좋아도 가려움은 가시지 않는다. 간지러운 것은 그대로 간지럽다.

아이는 평소보다 늦은 시간에 학교에 도착한다. 딱히 갈 곳이 없다. 운동을 하지 않는 날의 학교가 어색하다. 아이가 어색한 만큼 학교도 아이를 어색해한다.

배가 다소 과하게 통통해서 곰돌이 푸를 닮았다며 '꿀단지'라 불리는 경비가 여느 때와 다름없이 어색한 거수경례를 한다. 인사를 마치고 씩 웃으며 쓱쓱 배를 긁는 모습도 여전하다. 경비는 아이가 나온 신문을 흔든다. 교문에 걸린 축하 현수막을 손짓하며, 곧 구청에서 주관하는 우승 기념 행사도 있을 거라고 말하며, 아이의 투구 폼을 흉내 낸다. 아이는 아이처럼 웃으며 경비를 지나친다. 경비도 아이처럼 웃는다.

교무실 문 앞에서 아이는 잠시 망설인다. 노크를 해야 하나, 그냥 열고 들어가면 되나, 다른 사람들이 들어갈 때 함께 들어가는 것이 맞나 도무지 감이 없다. 멍하니 문 앞에 서 있는 아이에게 관심을 주는 사람은 없다. 심장이 통통 뛰는 것이 느껴진다. 아이는 심호흡을 한번 하고 교무실에 들어간다.

담임이 아이를 보고 손짓한다. 평소와 다르지 않다. 사무적이고도 사무적이다. 담임은 아이와 눈빛 한번 마주치지 않은 채 수고했다는 인사를 건넨다. 축하한다고 했지만, 너무 간결해 진심을 느낄 틈도 없다. 다른 학생들에게 피해가 가지 않도록 주의하라는 말은 굵고 길고 장황하게 늘어놓는다. 우승이 왜 인생의 전부가 아닌지에 대해서도 설교한다. 아이는 고개를 끄덕거리며 감독의 훈계를 떠올린다.

교무실 안에는 아이의 우승을 축하해주는 이가 없다. 유니폼을 입지 않은 아이를 알아보는 이도 없다. 유니폼을 입지 않은 모습이 더 어색한 아이. 교무실에서의 몇 분이 9회까지 경기를 한 몇 시간보다 더 피곤하다.

교무실을 나와 복도를 걷는 것이 어색하다. 주변이 너무 조용해서 어색하다. 땀 냄새가 나지 않는 것이 어색하다. 아이는 교실을 지나친다. 담임이 교실에 가서 한 시간이라도 수업을 들으라고 했지만 그냥 지나친다. 몇몇 학생들이 의아한 눈빛으로 아이의 등장을 지켜본다. 아이는 몸이 가는 방향을 따라간다.

몸은 거짓말을 하지 않는다.
손가락 끝은 여전히 간지럽다.

두 다리가 데려다준 곳은 야구장이다. 아무도 없어서 한적하고 쓸쓸하기까지 한 야구장에서 감독이 홀로 장비들을 손질하고 있다. 손질하는 척하고 있다. 감독은 아이가 다가오는 것을 알았지만 눈길을 주지 않고 무심한 척 묻는다. 마치 여기 올 줄 알았다는 듯한 말투다.

— 마, 여 말라 왔노?

전날 울면서 고맙다고 하던 감독은 이미 사라진 뒤다. 다시 폼을 잡는 감독이 아이는 조금 귀엽다. 감독은 여전히 피곤한 얼굴이다. 왜 아무도 없는 운동장에 나와 있을까.
최우수 선수와 최우수 감독이 우승 팀의 운동장에 어색하게 서 있다. 아이는 평소처럼 아무 말도 하지 않고 감독 곁에 서서 포수 대신 바닥만 통통 찬다. 감독은 한 손으로 귀를 파며 다른 손으로 점퍼 주머니에서 무언가를 주섬주섬 꺼낸다. 주머니에서 감독의 얼굴처럼 주름이 과하게 진 꼬깃꼬깃한 종이 두 장이 나온다. 감독은 종이를 건네며 아이에게 가라고 소리친다. 아이는 꼬깃꼬깃한 문화상품권을 멍하니 내려다본다. 감독이 더 귀여워 보인다.

— 쫌 가라꼬 자슥아! 아! 진짜 고 자슥 그거 말 안 듣네.

감독은 그렇게 몇 마디를 뱉고 고개를 휙 돌린다. 아이는 새어 나오는 웃음을 참을 수 없다. 감독의 머리를 쓰다듬고 싶다. 그러자 감독은 또 소리친다.

— 마, 가!

야구장을 당장 떠나라고 한다. 학교에서 나가라고 한다. 가서 친구랑 야시시한 영화를 보라고 한다. 영화를 보고 스트레스 좀 풀라고 한다. 하지만 술은 절대 마시지 말라는 말도 덧붙인다. 아이는 다시 웃는다. 영화를 보면 스트레스가 풀릴까? 감독이 다시 귀엽게 보인다.

아이는 야구공이 날아다니지 않는 야구장이 불편하다. 그 불편이 꽤 어색하다. 불편하고 어색한 것이 영 싫다. 감독은 하던 일을 계속하는 척하지만, 감독도 아이도 특별히 급하게 해야 할 일이 아니라는 것쯤은 알고 있다.

아이는 운동장을 빠져나와 경비에게 인사를 하고, 감독의 지시대로 영화관으로 향한다. 경비는 여전히 배를 통통 치며 해맑게 웃는다. 아이도 같이 웃어준다.

아이는 알고 있다.
영화관 역시 지금의 야구장만큼 어색할 것이라는 사실을.
교무실만큼 불편할 것이라는 사실을.

평일 낮의 영화관은 고교 야구 경기 관람석처럼 한산하다. 감독이 말한 대로 야시시한 영화를 보고 싶지만, 그런 영화는 상영하지 않는다. 감독은 왜 영화를 보라고 했을까? 아이는 영화를 고르는 번거로움이 싫다. 차라리 웨이트트레이닝을 하고 싶다.

해보지 않은 것에 대한 어색함.

익숙하지 않은 것이 주는 피로감.

매표소 앞에 멍하니 서 있지만 아무도 뭐라고 하지 않는다. 도움을 주는 사람도 없다. 뒤에 기다리는 사람도 없다. 매표원은 말없이 핸드폰을 만지작거리며 기다린다.

어색한 공기와 침묵의 시간을 깨고 아이가 고른 영화는 〈코 막힌 자들의 도시〉다. 전혀 야하지 않을 것 같은 영화. 제목부터 이해하기 힘들어 지루하기 이를 데 없을 것 같은 영화 혹은 어이없는 냉소나 역겨운 화장실 유머로 꽉 차 있을 것 같은 영화.

아이가 그 영화를 고른 건 온전히 백이 때문이다.

어느 날, 한번은 통화를 하면서 아이가 백이에게 물었다.

― 뭐 하고 있어?

백이는 책을 읽고 있었다. 아이는 책에 전혀 관심이 없지만, 백이가 읽는 것에는 무척 관심이 갔다. 그래서 어떤 책을 읽고 있느냐고 물었다. 물론 제목을 들어도 모를 게 뻔했지만.

백이는 소제 자라마구Soze Zaramago의 《코 막힌 자들의 도시

Smelllessness》라는 책을 읽고 있다고 했다. 예상대로 전혀 모르는 책이었고, 도무지 어떤 책인지 짐작조차 할 수 없었지만, '마구[12]'라는 야구 용어와 '자라'라는 동물 이름이 들어간 작가의 이름과 이비인후과를 연상시키는 책의 제목은 쉽게 기억할 수 있었다. 아이는 책의 내용에 대해 물었다. 진짜로 궁금해서가 아니라 온전히 백이의 목소리를 더 듣고 싶다는 마음에서 나온 질문이었다. 백이는 포털 사이트의 설명처럼 간결하지만 장황하게 정리해줬다. 특유의 아나운서 톤으로.

어느 날, 아내의 심부름으로 음식물 쓰레기를 버리러 나간 남자가 갑자기 아무런 이유도 없이 냄새를 맡지 못하게 된다. 하지만 이것은 시작일 뿐. 그 후로 도시의 사람들이 하나둘씩 냄새를 맡지 못하는 병을 앓게 되고, '코 막힘'이 삽시간에 도시 전체로 퍼진다. 정부는 '코 막힘'의 전염을 막기 위해 감염자들을 수용소에 몰아넣는다. 아내는 이비인후과 의사인 남편 곁에 있기 위해 코가 막힌 척을 하며 함께 수용소에 들어가 그 안에서 많은 것을 깨닫는다. '코 막힌 자들'이 아무렇지도 않게 먹는 상한 음식들을 자신은 먹을

----

12 상대편을 현혹하는 투수의 공.

수 없는 현실, 그들의 몸에서 나는 악취를 혼자만 맡아야 하는 상황, 함께 화장실 청소를 하며 혼자 악취를 감당해야 하는 고통, 혼자만 느끼는 지독한 쓰레기 냄새……. 그렇게 아내는 수용소에서 '코 막힌 자들'과 어울려 사는 방법을 하나둘씩 배워간다. 작가 소제 자라마구는 '코 막힘'이라는 흔한 소재로 독자들이 '가짐'과 '잃음'의 차이가 무엇인지를 고민하게끔 한다.

백이는 이 브라질 작가의 소설이 할리우드에서 영화로 만들어지고 있다고 했다. 거기에 덧붙여, 원작 소설이 너무 재미있어 영화도 무척 기대된다고 했다.

백이가 '브라질'이라고 말했을 때, 아이는 자연스럽게 시스터를 떠올렸다. 시스터가 항상 브라질에 가고 싶다고 했기 때문이다. 그때마다 브라더는 시스터의 손을 꼭 잡으며 같이 가자고 했다.

바로 그 브라질 작가 소제 자라마구의《코 막힌 자들의 도시》가 원작인 영화였다. 아이는 백이와 시스터를 생각하며 큰 소리로 말한다.

— 〈코 막힌 자들의 도시〉 두 장이요!

두 장!

당차게 외쳤지만, 당장 함께 볼 사람이 없다. 자신이 왜 둘이라고 말했는지 스스로도 납득이 되지 않는다. 백이에게 전화를 할까. 아주 잠시 고민하다 만다. 시스터에게 전화를 할까. 다소 길게 고민하다 역시 만다. 백이는 다음이라고 말하겠지. 그리고 시스터는 바쁘겠지.

이 영화에 어울리는 두 사람에게 전화할 용기가 없다. 그럼 이 영화와 어울리지 않지만 나올 확률이 높은 사람에게 연락을 취하는 수밖에.

아이는 두 장의 표를 들고 잠시 고심하는 척하다, 결국 친구 WILL에게 전화를 한다.

WILL을 기다리는 동안에도 손가락의 가려움은 쉼 없이 아이를 괴롭힌다. 아이는 WILL이 늘 그렇듯 튼튼한 두 다리로 통통 뛰어오는 모습을 상상한다.

아이는 전날 채우지 못한 달콤함을 채우기 위해 편의점에 가서 오레오를 산다. 우유를 산다. 그리고 달콤함과 고소함을 섭취할 장소를 물색한다.

04. 닭발을 시켰어요

  시스터가 문을 열어줬어요. 시스터는 평소처럼 환하게 웃고 있었지만, 그 웃음은 가짜 같았어요. 브라더는 나를 보고도 못 본 척 소파에 앉아 있었어요. 어울리지 않게 또 텔레비전을 보고 있었어요. 그것도 가짜였어요. 그냥 보는 척하고 있을 뿐이었어요. 아무것도 나오지 않는 시꺼먼 화면을 멍하니 들여다보고 있었거든요. 초점이 맞지 않는 눈동자가 슬퍼 보였어요.

  욕실에 들어가기 전에 시스터에게 고맙다고 말했어요. 덕분에 친구를 만나 영화도 보고 밥도 맛있게 먹었다고 했어요. 시스터가 다시 환하게 웃었어요. 왠지 그 웃음은 진짜 같았어요. 감독님이 문화상품권을 두 장이나 줬다는 말은

따로 하지 않았어요. 시스터가 어떤 영화를 봤느냐고 물었
어요. 〈코 막힌 자들의 도시〉를 봤다고 하자, 시스터의 눈이
커졌어요. 살짝 격양된 목소리로 지금 번역하고 있는 작품
과의 연관성에 대해 줄줄 설명했지만, 나는 이해할 수 없었
어요. 대충 고개만 끄덕였어요. 그냥 알아듣는 척을 했어요.

　한참 끄덕이다 욕실로 들어갔어요. 거실의 공기는 여전히
평소답지 않았어요. 공기도 전부 가짜 같았어요.

　샤워를 하는데, 왼쪽 어깨가 아팠어요. 대회 기간 너무 많
이 던져서 그런 것 같았어요. 쉬어야 할 어깨가 제대로 쉬지
못한 까닭이었어요. 연투를 과하게 하면 항상 어깨가 아팠
어요. 연투 앞에 장사 없고 혹사를 이길 선수 없다고, 감독
님은 걱정스럽게 말하곤 했어요. 아플 때마다 진심으로 걱
정해줬어요. 하지만 그걸로 끝이었어요. 감독님이 고쳐줄
수 없으니까요. 치료를 해줄 수 없으니까요. 심지어 어떤 대
안도 세워줄 수 없었어요. 걱정을 한참 늘어놓은 뒤, 대학이
나 프로에 가서 잘 관리하라고 했어요. 아니, 관리를 잘 받
으라고 했어요. 자고로 어깨는 스스로 관리하는 것이 아니
라, 누군가에게 특별 관리를 받아야 하는 것이라고 했어요.
나는 특별히 더 관리를 잘 받아야 한다고 했어요. 다른 선수

들과 조금 다를 수 있다고 했어요. 그 역시 진심이라는 것을 알고 있었어요. 우리는 참는 법은 알았지만, 쉬는 법은 몰랐어요. 몸을, 또 다름을 간수하는 법도 몰랐고요. 다행인지 버티는 법은 알았지만.

머지않아 고통에 무뎌질 거라는 사실을 알고 있었어요. 물론 더한 고통이 찾아온다는 것도 알았죠. 고통이 갱신되는 주기가 점점 짧아지고 있다는 것도 알았어요. 그러다 보면 선수 생명이 짧아진다는 것도 잘 알고 있었어요. 하지만 그게 끝이었어요. 알아도 당장 고칠 수 없는 상황이었으니까요. 그냥 아프고 마는, 짧아지고 마는, 뭐 그냥 그렇게 되어버리고야 마는 현실을 잘 알고 있었어요.

너무 잘 알고 있어서 슬프지도, 걱정이 되지도 않았어요. 어깨도, 사람도, 사랑도 하늘에서 정해준 수명이 있을 거라고 막연히 믿어버렸어요. 그게 고통을 넘기는 가장 편한 방법이니까요. 그게 우리 같은 사람들이 사는 방법이니까요.

하지만 당장의 문제는 어깨가 아니라 손가락이었어요.

가운뎃손가락이 이틀째 계속해서 간지러웠으니까요. 벌레들이 손가락 안에서 쉴 새 없이 움직였어요. 영화를 볼 때도, 영화를 보지 않을 때도, 밥을 먹을 때도, 반찬을 먹을 때도, 집으로 오는 버스 안에서도, 버스에서 내려 걸을 때도 벌레들은 쉬지도 않고 줄기차게 움직였어요. 통통통. 통통통.

왼손을 쫙 펴봤어요.

그리고 간지럽지 않은 손가락을 하나씩 접어봤어요. 처음으로 새끼손가락을 접고, 그다음에는 약손가락을 접은 뒤, 엄지손가락을 접고 나서, 마지막으로 집게손가락까지 접었어요. 딱 하나가 남았어요. 가운뎃손가락만 벌떡 일어서서 나를 노려보고 있었어요.

그 안에서 무언가가 꿈틀거리는 것 같았어요. 그 무언가가 나를 만나기 위해 밖으로 튀어나올 것만 같았어요. 뚫어져라 가운뎃손가락을 유심히 살폈어요. 겉으로 봐선 도무지 이상한 점을 찾을 수 없었어요. 샤워기에서 쏟아지는 따뜻한 물에 가운뎃손가락을 갖다 댔어요. 손가락이 살짝 부풀어 오르는 느낌이 들면서 간지러움이 사그라드는 것 같았어요. 부드럽게 마사지라도 해주면 나아지지 않을까 하는 생각에 손가락 끝을 꼭꼭 눌렀어요. 그리고 살살 주물럭거렸어요. 그때 손톱 주변이 꼬물거렸어요. 가운뎃손가락 안쪽에서 무언가가 움직이는 것 같았어요. 혹인가 싶었어요. 분명히 무언가가 만져졌거든요. 무엇인지 정확히 알 수 없었지만, 콩알 같은 것이 안쪽에 박혀 있는 것 같았어요. 물집인 줄 알았는데, 물집보다 딱딱했어요. 굳은살이 아닐까 생각했어요. 신기하게 아프지 않았거든요. 아무리 만져도 통증이 없었어요. 꾹꾹 눌러보았지만, 아무렇지 않았어요. 그 콩알을 마사지하듯 살살 만져주니 간지러움이 서서히 줄어들었어요.

어쨌든 콩알이 우승한 뒤에 생겨나 다행이라는 생각을 하며 샤워를 마쳤어요. 푹 쉬면 모든 게 나아질 거라고 믿었어요. 그때는 그럴 것만 같았죠.

방문을 여니, 내 침대에 브라더가 앉아 있었어요. 그 모습이 너무 어색했어요. 생각해보니 초등학교 때 이후로 브라더는 단 한 번도 내 방에 들어온 적이 없었어요.

시골에 살 때도, 서울에 살 때도, 부모님이 살아 계실 때도, 돌아가신 후에도, 결혼하기 전에도, 결혼한 후에도 브라더는 내 방에 얼씬도 하지 않았어요. 브라더는 늘 바빴어요. 회사 일도 많았는데, 내 뒷바라지한다고 부업도 많이 했어요. 물론 무뚝뚝한 성격도 한몫했지요. 그런 브라더가 침대에 앉아 나를 기다리고 있었어요.

할 말을 잃은 채 방문 앞에 멍하니 서 있는 나를 보고 브라더가 바쁘냐고 물었어요. 갑작스러운 질문에 나는 반사적으로 고개를 흔들었어요. 다른 대답을 궁리할 틈이 없었죠. 브라더가 그럼 같이 나가서 바람이나 쐬자고 했어요. 방금 들어와 샤워를 마쳤는데 뜬금없이 나가자고 하는 게 달갑지 않았어요. 이제 좀 쉬려는데 다시 나가자고 하는 무심함이 미웠어요.

하지만 내 고개는 위아래로 움직이고 있었어요. 브라더의 표정에 '제발'이라는 두 자가 보였기 때문이죠. 무뚝뚝한 브라더가 어렵게 내민 손을 쉽게 뿌리칠 수 있는 동생이 몇이나 있겠어요.

브라더는 여전히 슬퍼 보였어요.

우리는 포장마차에 갔어요. 브라더는 나에게 묻지도 않고 소주와 닭발을 시켰어요. 웬 닭발? 브라더도 나도 좋아하지 않는 닭발이 소주잔 사이에 어색하게 자리 잡았어요. 새빨갛고 징그러워서 꼴도 보기 싫었어요. 내가 젓가락을 챙기는 동안 브라더는 자기 잔에 술을 따르고 급하게 쭉 들이켰어요. 한 잔을 마시자마자, 시스터가 요즘 이상하다고 했어요. 내 눈엔 브라더가 더 이상한데. 젓가락을 건네자, 브라더는 젓가락으로 닭발 대신 단무지를 집으며 시스터가 진짜 진짜 이상하다고 했어요. 브라더의 입에서 '진짜'라는 말이 반복해서 나오는 것이 진짜 진짜 이상했어요. 그렇게 생각하는 이유를 물어야 할 것 같았지만, 타이밍을 잡지 못해 듣기만 했어요. 그러자 브라더가 알아서 설명을 시작했어요.

브라더는 시스터가 요즘 샤워를 같이하지 않는다며 슬퍼했어요. 나는 말없이 잔을 비웠어요. 예전에는 사이좋게 같이 샤워를 했는데, 함께하는 샤워야말로 원만한 부부 관계의 상징 같은 것이라고 생각하는데, 시스터가 그걸 거부해서 너무 가슴이 아프다고 했어요. 나는 알아서 잔을 채웠어요. 브라더는 계속 시스터가 변한 것 같다고 중얼거렸어요. 나는 젓가락으로 닭발을 뒤적거리며 브라더의 신세 한탄이어서 지나가기를 기다렸어요. 다시 봐도 닭발은 징그러웠어요. 너무 빨개서 가짜같이 느껴졌어요. 세상에 이렇게 빨갛고 징그러운 것이 존재하다니.

브라더는 잠자리도 너무 뜸해졌다며 슬픈 표정을 지었어요. 도대체 왜? 나한테 그런 얘기까지 하는 이유를 도무지 알 수 없었어요. 미성년자인 나에게 어쩌라고? 궁금하지도 않은데.

다 듣고 나니, 브라더의 얼굴에 새겨진 표정이 슬프기보다는 좀 우스꽝스러웠어요. 브라더는 대뜸 확실하다고 했어요. 다른 남자가 생긴 것 같다고. 나는 어이가 없었어요. 내가 아는 시스터는 절대 그럴 사람이 아니라고 말하려는데, 대뜸 브라더가 먼저 번복했어요. 두 번이나 강조하면서. 시스터는 절대 절대 그럴 사람이 아니라고. 나는 술이나 마시자고 했어요. 계속해서 '절대'를 읊조리는 브라더를 보면서, 그렇게 힘들면 자위라도 하라고 말하려다 말았어요.

브라더와 나는 닭발에 손도 대지 않고 소주만 거푸 마셨어요. 다른 안주를 시키고 싶은 마음이 굴뚝같았지만, 꾹 참았어요. 사실 안주 따위를 시킬 타이밍이 없었어요. 브라더는 쉴 새 없이 떠들다가 사이사이 술을 마셨어요. 슬프디슬픈 표정으로 시스터가 점점 멀어져가는 것 같다고 하소연했고, 나는 적당한 때 어깨를 두드려주거나 술잔을 같이 들어줬어요.

브라더는 곧 취했고, 나도 취하고 싶었어요.

집으로 오는 길에 브라더에게 낮에 본 〈코 막힌 자들의 도시〉에 대해 얘기해줬어요. 내가 무슨 말이든 하지 않으면 브라더가 또 시스터에 대해 멋대로 상상의 나래를 펼칠 것 같아서 그랬어요. 영화 속 설정을 소개했어요. 모두 코가 막혀 냄새를 못 맡는 상황인데, 혼자만 후각이 정상인 여자가 나온다고 했지요. 브라더는 땅바닥을 내려다보며 아무런 반응이 없었어요. 내 얘기에 전혀 관심이 없는 것 같았어요. 그럼에도 나는 계속했어요.

어느 날, 그 여자가 남편에게 영원히 냄새를 맡지 못하게 되는 것이 두렵지 않으냐고 물었다고 했어요. 그때 브라더가 살짝 고개를 들어 나를 봤어요. 냄새를 맡지 못하게 된 남편은 괜찮다고, 아무렇지도 않다고 대답했다고 하니 브라더가 의아한 표정을 지었어요. 그리고 놀란 눈으로 나를 봤어요. 나는 이야기를 계속했죠. 영화 속에서 남편은 오히려 다시 악취를 맡게 될까 봐 두렵다고, 세상에는 껍질만 보면 아름다운 것들이 많다고 말했다고 하자, 브라더는 정말 그럴지도 모른다고 맞장구를 쳤어요. 남편이 냄새는 늘 의심과 오해를 불러일으켜서 싫다는 말도 했다고 전했어요. 그러자 브라더는 고개를 세차게 끄덕였어요. 세상에는 냄새가 고약하지만 맛있는 음식들이 많다는 대사도 전했어요. 그 장면에서 나는 청국장을 떠올렸다고 했어요. 내 말에 브라더는 또 고개를 격하게 끄덕였어요. 나는 피식 웃었어요. 브라더가 내 말에 귀 기울이고 공감하는 게 싫지 않았거든요.

브라더도 그런 것 같았어요.

내가 얘기를 끝낸 뒤 우리는 한참을 말없이 걸었어요. 하지만 침묵이 어색하진 않았어요. 마침내 브라더가 현관 앞에서 한마디 했어요.

— 역시 최우수 선수답다!

나한테 한 말이었어요. 내가 들으라고 한 말이었어요. 브라더가 왜 갑자기 그런 소리를 하는지 이해할 수 없었어요. 나는 신발을 벗으며, 시스터와 브라질에 가보라고 했어요. 거기에 가면 많은 것이 변할지도 모른다고 했어요.

브라더는 웃었어요.

나는 브라더의 어깨를 치면서, 아직 1회 초라고 했어요. 감독님을 따라 해본 거죠. 브라더는 내 말을 듣더니 소리 내서 웃었어요.

시스터가 서재에서 나와 우리를 맞았어요. 시스터는 진심으로 반가운 표정이었어요. 브라더는 말없이 고개를 숙인 채 침실로 들어갔고, 시스터는 소파에 앉아 텔레비전을 봤어요. 왼쪽 옆구리를 문지르며, 평소에는 보지 않던 여행 프로그램을 보았어요.

취한 탓인지, 손가락이 더 이상 간지럽지 않았어요. 대신 콩알이 조금 더 커진 느낌이었어요. 그래도 간지럽지 않다는 것만으로 충분히 기분이 좋아졌어요. 자려고 누웠는데, 빨갛고 징그러운 닭발들이 생각났어요. 브라더는 왜 먹지도 않는 닭발을 시켰을까?

브라더와 시스터 사이의 문제도 궁금했어요. 내가 해결할 수도 없는데 브라더는 왜 내게 그런 말을 했을까? 포장마차에서 들었던 말들을 떠올리니 이상하게도 가슴이 저릿했어요.

백이가 보내준 음악을 틀자 가슴이 다시 저릿했어요. 거실의 불이 꺼지는 것을 보고, 침대에 누웠어요. 잠은 오지 않았어요. 브라더도, 시스터도 쉬이 잠들지 못할 것 같은 밤이었어요. 손가락 안에 생긴 콩알을 만지작거리며 노래를 들었어요. 모든 것을 잊고, 아무것도 모른 채 깊이 잠들고 싶었어요. 모두들 편히 쉬었으면 했죠.

누군가를 생각해.

함께 있는 너에게 내 안에 숨겨둔 마음을 보여줄 순 없겠
지.

05. 손가락의 끝

백이가 나왔다.

정말로 백이가 나왔다.

백이가 아이의 꿈속에 나왔다.

아이의 현실에서는 사라져버린 백이가 꿈에 등장했다. 꿈
속에서 백이는 '다 이해한다'는 말을 무한히 반복했다. 늘
그랬듯 상냥하고 다정한 목소리였다. 하지만 표정에는 생기
가 없었다. 아니, 표정 자체가 없었다. 백이는 무표정한 인형
처럼 말했다. 입을 거의 움직이지 않고 중얼거렸다.

— 다이해한다다이해한다다이해한다다이해한다다이해한
다다이해한다다이해한다…….

아침까지 아이의 귓가에, 머리에, 방 안에 '다 이해한다'는 말이 맴돈다. 무한 반복된다. 공기에 백이의 목소리가 부유한다.

아이는 아쉽다.
꿈이라서 아쉽고,
함께 더 오래 있지 못해 아쉽고,
더 로맨틱하지 못했던 것이 아쉽다.
아쉬움을 한껏 남긴 꿈 때문인지, 전날 브라더와 마신 술 때문인지 속이 영 좋지 않다. 아이는 난생처음 현기증을 느낀다. 분명히 잘 잔 것 같은데, 어지럽다. 당장이라도 바닥에 구토를 할 것 같다. 도수가 맞지 않는 안경을 쓴 것 같다. 난시용 안경을 쓰고 있는 것 같다. 롤플레잉 게임을 장시간 한 후 현실로 돌아온 기분이다. 방바닥이 마구 춤을 춘다. 하얀 천장도 파도처럼 넘실거린다. 처음 야구부에 들어갔을 때 느꼈던 혼란스러움과 비견할 만하다.

'나'는 그대로인데, 세상이 '나'를 쥐고 흔드는 느낌.
'나'에겐 과해서, 쉽게 극복되지 않을 듯한 힘겨움.

분명히 두 눈을 똑바로 떴는데, 앞이 제대로 보이지 않는다. 침대에 가지런히 누워 위를 보고 있는데, 그래서 당연히 새하얀 천장이 보여야 하는데, 그렇지가 않다. 천장과 이불이 동시에 보인다. 겹쳐 보이기도 하고, 분리되어 보이기도 한다. 시야가 뒤죽박죽이다. 이불이 천장에 붙어 있는 것 같기도 하고, 천장이 이불처럼 주름져 보이기도 한다. 천장과 이불이라는 두 개의 화면이 규칙 없이 뒤섞여 일그러진 채 눈앞에서 둥둥 부유하고 있다. 초현실주의자들이 작정하고 이해하지 말라며 만들어놓은 예술 작품 같다.

어지럽고, 불편하고, 벗어나고 싶다.

아이는 침대 모서리를 붙잡고 간신히 일어선다. 서 있어도 달라지는 건 없다. 여전히 시야가 비정상적이며 초현실적이다. 바깥 풍경을 보면 나아질지도 모른다는 희망에 조심스레 창가로 간다. 정신없이 어지럽다. 바깥 공기를 쐬면 나아질지도 모른다는 생각에 창을 연다.

통통통.

빗소리가 들린다. 봄비 소리가 아이의 마음에 한 스푼 위안을 준다. 하지만 고작 한 스푼이다. 아이는 창밖을 본다.

풍경이 아이를 더욱 혼란스럽게 한다. 비가 오는 거리와 방바닥이 동시에 눈앞에 아른거린다. 완전히 다른 두 풍경이 한 화면 속에 겹쳐 보인다. 어지러움을 지우기 위해 살며시 눈을 감는다. 꼭 감고 최대한 길게 한숨을 내쉰다. 그럼에도, 분명히 눈을 감았음에도, 아무것도 보이지 않아야 함에도 무언가가 보인다. 눈을 감은 채 침대에 누웠는데도 무언가가 사라지지 않는다. 빗소리가 신경에 거슬리기 시작한다.

통통통.

— 아아, 원 세상에!

평소에는 전혀 쓰지 않던 감탄사가 갑자기 툭 튀어나온다. 비현실적인 상황에서 터져 나온 비현실적인 감탄사가 그다지 어색하지 않다.

어느 날 아침, 자신이 흉측한 갑충으로 변했을 때나 나올 법한 그런 한마디. 자신도 모르게 튀어나온 구시대적이며 비현실적인 감탄사에 아이는 웃어버린다. 침대에 누워 엄지로 가운뎃손가락 끝을 만져본다. 손 안쪽에서 무언가가 통통 튄다.

그런데 간지럽진 않다.

통통거리는 감촉과 함께 살이 조금씩 갈라지는 느낌이 든다. 분명히 손가락 끝이 갈라지는 느낌인데도 아프진 않다. 아주 살짝, 아주 천천히 찢어지는 것 같다. 시간이 지나도, 다행스럽게도 아프진 않다. 피도 나지 않는다. 살 안쪽의 콩알이 조금 더 커진 것 같다. 벌어진 틈으로 비집고 나온 콩알이 만져진다.

계속 침대에 누워 있으면, 곧 시스터가 부를 것이다. 아이는 아프다는 핑계를 댈까 고민한다. 별문제는 없을 것이다. 시스터는 무척 걱정하고, 브라더는 분명 속아주고, 감독은 절대 믿지 않을 테지만.

아이는 자신이 아픈 상태인지, 그렇지 않은 상태인지 구분이 되지 않는다. 손가락 끝이 아주 조금 벌어진 것을 빼면 몸에는 문제가 없다. 약간의 이상이 생긴 건 분명하지만, 아프진 않다. 손끝의 문제가 보통 학생이라면 괜찮을지 모르지만, 야구 선수에게는 큰 문제가 아닐까? 아프지는 않지만, 그래서 학교는 갈 수 있을지 모르지만, 공은 던지지 못할 수도 있겠다는 생각에 이른다. 공을 못 던지게 된다면 굳이 학교에 갈 필요가 있을까? 답 없는 질문들이 계속 꼬리에 꼬리를 문다.

— 학교 안 가요?

시스터다. 아이는 방문을 살짝 열고 곧 나가겠다는 뜻으로 고개를 두 번 정도 끄덕인다. 시스터가 아이의 얼굴을 보고 걱정스러운 표정을 짓는다. 시스터는 눈치가 빠르다. 아이는 억지로 웃으며 살며시 방문을 닫는다.

아이는 침대에 앉은 채 고심한다. 더 이상 어깨는 아프지 않다. 손가락 끝도 간지럽지 않다. 몸 상태는 정상에 가깝다. 그런데 헛것이 보인다. 속이 좋지 않다. 방문과 방바닥이 동시에 보인다. 최근에 술을 많이 마셔서 그럴지도 모른다. 브라더의 얼굴이 떠오른다. 간만에 영화를 봤기 때문일지도 모른다. WILL이 생각난다. 백이를 너무 많이 떠올린 탓일지도 모른다. 하지만 누군가를 떠올린다고 문제가 해결되진 않는다. 늘 그렇듯 문제를 해결하는 것은 행동이다. 백이가 보내준 음악을 듣는다. 혹시 마음이 가라앉을지도 모른다는 생각에. 음악을 들으며 손가락 끝에 생긴 콩알을 만지작거린다. 가수 겸 배우인 소녀의 목소리가 참 감미롭다.

시야가 잠시 선명해진다. 더 이상 방바닥이 보이지 않는다. 방문만 뚜렷하다. 콩알에서 손가락을 떼니 다시 어지러워지면서 방바닥과 방문이 동시에 보인다.

조심스럽게 손가락 끝에 생긴 콩알을 살핀다. 갑자기 강한 어지럼증이 밀려온다. 눈앞에 손가락과 눈이 동시에 아른거린다. 분명히 손가락을 보고 있는데, 손가락을 보고 있는 눈이 시야에 들어온다. 아이는 이 시각적 현상을 이해하지 못한다. 손가락과 눈이 서로를 마주 보는 상황이다.

꿈속에서 백이가 했던 말이 귓가를 맴돈다.

— 다이해한다다이해한다다이해한다다이해한다다이해한다다이해한다다이해한다…….

무섭다.

무언가를 상실한 듯한 느낌이 공포감을 준다. 얻으면 안 될 무언가를 얻은 것 같은 위화감이 몸을 감싼다. 피하고 싶은 순간, 보고 싶지 않은 순간, 아이는 눈을 질끈 감는다. 감아버린다. 분명히 두 눈을 꼭 감았는데, 무언가가 보인다.

눈에 들어온다.

방바닥이 보이고,

침대 위 이불이 보이고,

방바닥과 침대 위 이불이 함께 보이고.

손가락이 가리키는 대로 보이기 시작한다. 빗소리가 들려오는 창쪽으로 손가락을 뻗는다. 그러자 비 오는 거리가 보인다. 가운뎃손가락으로 천장을 가리키자, 새하얀 천장이 보인다. 손가락을 바닥으로 향하자, 바닥이 보인다.

가운뎃손가락 끝에 눈이 생긴 것이다.

콩알만 한 눈이 생긴 것이다.

아이는 두 눈을 크게 뜨고 손가락 끝을 본다. 심하게 어지럽지만 분명히 보인다. 손가락 끝에 새로 생긴 작은 눈이 보인다. 동시에 새로 생긴 눈으로 원래의 눈을 본다. 이제 어지럼증의 이유도, 가려움의 이유도 명확해진다.

아이는 새로 생긴 눈을 감아버리고 싶다. 그러면 어지럼증이 덜할 것 같다. 하지만 도무지 어떤 근육을 써야 하는지 감이 잡히지 않는다. 어떤 신경을 움직여야 하는지 알 수 없다.

두 눈을 감고, 손가락 끝에 집중한다. 초등학교 시절, 처음 야구공을 던져본 날을 떠올린다.

　아이의 첫 감독은 백발 할아버지였다. 닭고기 튀김이 메인 메뉴인 패스트푸드 레스토랑 체인점 앞에 서 있으면 딱 어울릴 외모의 소유자였다. 아이가 야구 선수가 되겠다고 하자 모두들 극구 말렸지만, 할아버지 감독은 달랐다. 백발의 감독은 제대로 공을 던져본 적이 없던 아이에게 벽에 그려진 스트라이크존을 가리키며 저 안에 공을 넣어보라고 했다. 자신이 없던 아이가 가만히 서 있자 너털웃음을 지으며 다른 생각은 다 접고 오직 공을 저 안에 넣어야겠다는 생각만 하라고 했다. 어떻게 던지겠다고 재지 말고, 정확히 던지겠다는 마음만 먹으라고 했다. 속도는 중요하지 않다. 방향만 생각해라! 그 마음만 있으면, 야구 선수가 될 수 있다고 했다.

　아이는 그때 몸의 움직임이 마음먹기에 달렸다는 사실을 알게 되었다. 몸을 지배하는 것은 바로 마음이었다. 백발의 감독이 가르쳐준 것은 몸을 제대로 움직이는 데 마음의 집중이 필요하다는 사실이었다.

　결국 아이는 스트라이크존에 공을 넣었고, 감독은 잘했다며 머리를 쓰다듬어주었다. 잘 던졌다고 했다. 투수는 던지는 사람이니 던지는 것 이외에는 중요하지 않다는 사실을 명심하라고 했다. 아이는 감독의 말을 이해했다. 던지자, 잘 던지자. 그러면 투수가 될 수 있다. 야구 선수가 될 수 있다.

다른 생각을 버리고, 공을 오직 스트라이크존에 넣을 생각만 하던 순간을 떠올렸다.

집중이 필요한 순간.

아이는 집중 상태에 돌입한다. 손가락 끝에 집중한다. 잡생각을 모두 접고 손가락 눈에만 집중한다. 스트라이크 존을 바라보듯 마음으로 손가락 끝을 응시한다. 그리고 감겠다고 생각한다. 감고 싶다고 주문을 건다. 감을 수 있다고 확신한다.

— 눈이 감긴다. 눈이 감긴다. 눈을 감을 수 있다.

그러자 손가락 끝에 벌어져 있던 틈이 살포시 붙는다. 어지럼증도 서서히 잦아든다. 새로운 눈으로 보이던 것들도 서서히 시야에서 사라진다. 이번에는 반대로 다시 손가락 눈을 떠본다. 손가락 끝에 집중하고 주문을 건다. 손가락 끝이 살며시, 천천히 벌어지면서 새로운 세상이 열린다. 그리고 반복한다. 감고 뜨고, 감고 또 뜬다. 펑고fungo[13]처럼, 특타特打[14]처럼 반복한다. 마치 스트라이크존을 향해 끊임없이 공을 던지던 것처럼 반복한다. 연습만이 죽지 않는 길이다.

얼마 뒤 아이는 거실로 나온다.
시스터가 걱정이 그득한 눈으로 아이를 본다.

— 시스터, 저 오늘 몸이 너무 안 좋아요. 죄송한데, 감독님께 전화 좀 해주실래요? 지독한 몸살에 걸린 것 같아요. 콜록콜록.

'지독한'이라는 단어를 강조하며 연신 콜록거리는 자신이 스스로도 잔망스럽지만, 시치미를 뚝 떼고 아픈 척을 이어간다. 그리고 고개를 푹 숙인 채 다시 방으로 들어간다. 잠시 뒤 거실에서 시스터가 통화하는 소리가 들린다.
아이는 침대에 누워 두 눈을 감고 손가락으로 창밖을 본

----

13 야수들의 수비 연습을 위해 코치들이 공을 쳐주는 일.
14 타자가 정규 훈련 시간 외에 타격 훈련을 더 하는 일.

다. 비가 그친 거리에 사람들이 오간다. 묘하게 기분이 좋아
진다. 문밖에서 시스터의 목소리가 들려온다.

— 전화는 했어요. 뭐 좀 먹고 병원에 가보세요.

시스터에게 고마움을 느낀다. 어쩌면 병원에 가는 것이
좋을지도 모른다. 하지만 도무지 어떤 병원에 가야 할지 감
이 잡히지 않는다. 손가락에 눈이 생겼을 때는 어떤 병원에
가야 할까? 그걸 아는 사람이 있을까? 시스터? 브라더? 백
이? 아니면 감독?
아이는 그저 잠들고 싶다. 기왕이면 깊고 긴 단잠에 빠지
고 싶다. 꿈에서 다시 백이를 만나고 싶다. 백이가 다 이해
한다고 말해줬으면 싶다. 그 순간 그 말이 절실하다.

— 다이해한다다이해한다다이해한다다이해한다다이해한
다다이해한다다이해한다……

06. 보여주고 싶었어요

제가 원래 긍정적인 사람이거든요. 그래서 이렇게 생각해 버렸어요.

그래도 눈이 없어져버린 것보다는 하나 더 생긴 것이 훨씬 낫다고요. 등짝, 옆구리, 다리에 생긴 것보다 훨씬 좋잖아요. 똥구멍, 귓구멍, 콧구멍은 상상만 해도 불편하네요. 그런 데가 아니라 기왕이면 손가락 끝에 생겨서 얼마나 다행이냐는 생각도 들었어요. 사용하기도, 감추기도 편하잖아요. 부정적인 생각들은 지우고 되도록 긍정적으로 받아들이기로 했어요.

다루기 편한 곳에 적당한 크기의 눈이 새로 생겼구나.

감사히 생각하자!

아무것도 모르는 시스터가 같이 병원에 가자고 했어요. 하지만 도저히 그럴 용기가 나지 않았어요. 시스터에게 달려가 '내 손가락 끝을 보세요. 이렇게 예쁜 눈이 하나 더 생겼답니다'라고 말할 순 없었어요.

물론 브라더보다는 시스터가 이런 상황을 더 이해해줄 것이라는 확신은 있었지만, 그래도 함께 병원에 가고 싶지는 않았어요. 새로 생긴 눈을 보여주고 싶은 마음은 더더욱 들지 않았어요.

시간이 필요했어요. 마음의 준비 같은 것도 필요하고. 시스터에게 병원에 들른 뒤 학교로 가겠다고 거짓말을 했어요. 별일 아니니 걱정하지 마시라는 말도 잊지 않았어요. 하지만 시스터는 여전히 걱정스러운 눈빛으로 나를 봤어요. 그 눈빛을 보니 덜컥 미안한 마음이 들었어요. 시스터는 그런 사람이었어요. 남다른 눈빛을 가진 사람.

눈빛으로 진심을 전할 줄 아는 사람.
눈빛으로 상대를 흔들 수 있는 사람.

아침에 내린 봄비 덕분에 거리는 아주 깨끗했어요. 적당한 바람이 어디로든 가라고 등을 떠밀었어요. 눈이 세 개나 있는 사람이 그 거리를 걷고 있었지만, 아무도 관심을 갖지 않았어요. 어딘가로 향하면서도 목적지가 어딘지는 나도 몰랐어요. 그저 걷고 싶다는 것밖에. 마땅히 갈 데가 없었어요. 가고 싶은 곳도, 심지어 가야 할 곳도 떠오르지 않았어요. 아픈 데가 없는데 병원에 가는 것도 이상하잖아요. 아니, 실은 무서웠는지도 몰라요.

바쁘게 어딘가로 향하는 사람들 틈에서 나는 방황했어요. 스스로 할 일을 정하는 것에도, 멈춰 있는 것에도 익숙하지 않았어요.

학교에 가기도 애매한 시간이었어요. 하지만 두 다리는 당연하다는 듯이 학교로 향하고 있었어요. 아마도 운동장을 향해 걷고 있었던 것 같아요. 멀리 현수막이 보였고, 그제야 두 다리가 이끄는 대로 학교까지 왔다는 것을 깨달았어요. 다행인지 불행인지 꿀단지 아저씨는 나를 발견하지 못한 것 같았어요. 언제나 그렇듯 배를 문지르며 신문에 집중하고 있었어요. 나는 얼른 고개를 숙인 뒤 발걸음을 돌렸어요.

뒷산에 올라야겠다고 생각했어요. 왜 수도 없이 올라갔던 뒷산이었는지 모르겠어요. 체력 단련이라는 명목으로 뛰어 올라야 했던 뒷산을 명분도 없이 왜 오르고 싶었을까요?

이유도 모른 채 어쨌든 뒷산으로 향했어요. 대신 아주 천천히 걸었어요. 한 걸음, 한 걸음 세면서 올랐어요. 생각해보니 걸어서 오른 적은 없었던 것 같았어요. 온전히 길을 밟으며 오른 기억이 없었어요.

두 눈으론 앞만 보면서 손가락 끝으로 주변 여기저기를 살폈어요. 새 눈은 내게 봄 풍경을 보여줬어요. 이곳이 아름다운 산이라는 걸 처음으로 깨달았어요. 달리기만 할 때는 볼 수 없었던 것들이 보였거든요. 세 번째 눈으로 비로소 봄을 볼 수 있었던 거예요. 산을 오르며 나도 모르게 백이가 보내준 노래를 흥얼거리다 멈췄어요. 가사가 뒤늦게 귀에 들어왔어요. 백이는 왜 그런 노래를 보냈을까요?

생각지도 못했던 허전함을 느끼네.
내 안에 숨겨둔 마음을 너는 알고 있을까?

혼자 걷는 것은 생각보다 허전한 일이었어요. 새로운 눈을 숨기는 것도 어려운 일이었고요. 하지만 허전함과 숨김에 적응하는 것이 온전히 내 몫이라는 것쯤은 알고 있었어요.

처음에는 눈을 모두 이용하는 것이 힘들었어요. 원래 눈으로 보는 하늘과 새로 생긴 눈으로 보는 나무들이 겹치면서 어질어질했어요. 속이 매슥거리기도 했어요. 하늘이 녹색으로 보이기도 했고, 구름이 길 위로 펼쳐지기도 했어요. 하늘색 길이 녹색 하늘로 바뀌기도 하고 정신이 없었지요. 하지만 점차 나아졌어요.

체력 훈련에 익숙해질 때의 마음가짐.

처음 야구를 시작했을 때의 마음가짐.

다른 생각은 버리고, 모두 잊고, 하나만 떠올리자. 그래, 새로운 눈에 적응해야 한다. 다른 방법은 없다. 그것만 생각하자. 처음에는 죽도록 힘들었던 훈련이 반복을 통해 익숙해졌듯, 그 익숙함이 자신감을 줬듯.

세 번째 눈에도 그렇게 적응했어요. 처음에는 어지러워서 제대로 뜨기도 힘들었는데, 계속 나무와 하늘과 구름을 보니 차차 익숙해졌어요. 마침내 새로 생긴 눈도 내 마음대로 조절할 수 있게 되었어요. 산 정상에 올라왔을 때쯤 어지럼증은 거의 느껴지지 않았어요. 대신 더 많이 볼 수 있었죠.

두 눈을 감고 손가락에 달린 눈으로 하늘을 보는 것은 멋진 일이었어요.

팔을 쭉 뻗고 손끝에 달린 눈으로 하늘을 보면, 구름과 더 가까워지는 느낌이 들었어요. 세상에서 나만 할 수 있는 그런 일.

원래 있던 눈으로 보는 것들은 더 뚜렷했고, 새로 생긴 눈
으로 보는 것들은 상대적으로 조금 흐릿했어요. 간혹 겹쳐
서 보이기도 했지만, 차차 둘의 차이를 구분할 수 있게 되었
어요. 마치 본체는 하나지만 모니터가 두 개인 컴퓨터를 이
용하는 기분이었어요. 세상을 더 넓게, 많이, 깊게 볼 수 있
는 사람이 된 것 같았어요.

이런 특별한 경험을 누군가와 나누고 싶었어요. 가장 먼
저 백이가 떠올랐어요. 하지만 전화를 할 순 없었어요. 아니,
한다 해도 새 눈에 대해 이야기할 순 없었어요. 백이를 놀라
게 하고 싶지 않았어요. 실제로 보지 않았다면 나조차 믿지
못할 얘기였거든요. 어쩌면 관계가 더 멀어질지도 모른다는
두려움이 앞섰어요. 어느 순간 누군가에게 전화를 걸고 있
는 나 자신을 발견했어요. 그때 나는 WILL에게 전화를 하
고 있었어요.

WILL의 본명은 '건각健脚'이에요. 한자로 '튼튼한 다리'라
는 뜻이라고 들었어요. 건각은 그 이름을 좋아하지 않았어
요. 아니, 싫어했어요. 대신 나중에 무언가가 되고 싶고, 될

수 있다는 의미로 'WILL'이라고 불러달라고 했어요. 나는 나중보다 지금이 더 중요하니 '나우NOW'라고 불러야 하는 것 아니냐고 놀리려다 참았어요. 그때부터 건각을 WILL이라고 불렀어요.

중학교 때였어요, WILL을 처음 만난 게.

평소처럼 운동을 마치고 집에 가려고 짐을 챙기는데, 창밖에서 이상한 소리가 들렸어요. 누군가가 체육관 벽에다 대고 중얼거리고 있었어요. 창을 여니 무릎을 꿇은 채 벽을 보면서 뭐라고 중얼거리고 있는 남자아이가 보였어요. 나는 대수롭지 않게 거기서 뭐 하냐고 물었어요. 놀란 남자아이가 '앙마'들이 시킨 일을 하고 있다고 했어요. 도무지 상황을 이해할 수 없어서 건물 밖으로 나와 직접 물어봤죠. 내 질문에 그 아이는 이렇게 설명했어요.

학교에는 '악마'가 아닌 '앙마'가 네 명 있고, 자신은 그 앙마들의 지시를 따르고 있는 중이라고요. 앙마들은 '건각'이라는 이름이 마음에 들지 않는다고 했고, 정말 다리가 그렇게 튼튼하면 무릎을 꿇은 채 '내 다리는 튼튼하다'라고 천번 말한 뒤 집에 가라고 했다고 건각이, 아니 WILL이 말했어요.

그렇게 튼튼한 녀석이 악마도 아닌 앙마들의 명령을 듣고 있는 모습이 이해가 되지 않았어요. 그렇다고 웃기거나 슬프지도 않았어요. 내가 어쩔 줄 모르겠다는 표정을 짓자, WILL이 씩 웃었어요. 괜찮다는 뜻이었죠. 나도 웃었죠. 반갑다는 말 대신 그렇게 웃었어요.

WILL이 웃어 나도 웃긴 했지만, 사실 웃기진 않았어요. 야구를 처음 시작했던 초등학교 때가 떠올랐어요. 앙마들은 없었지만 대신 악마 같은 선배들이 있었죠. 나를 몹시도 싫어했던 선배들. 야구를 잘하면 "니가 그렇게 야구를 잘해"라며 괴롭히고, 야구를 못하면 "제대로 못하면 꺼져"라고 괴롭혔던. 그 어떤 체력 훈련보다 힘들었던 체력 훈련 후의 시간들. 가슴은 때리지 않겠다고 말하며, 그것이 배려라고 했던 사람들. 그리고 인정사정없이 다른 곳을 마구 밟았던 선배들. 그렇게 WILL을 보고 웃으며 예전의 발길질을 생각했어요.

그날 우리는 함께 집에 갔어요. 같은 방향이었거든요.

며칠 뒤인가, 배트를 정리하고 있는데 또 WILL의 목소리가 들렸어요. 같은 장소였어요. 창문 밖으로 또 WILL이 보였어요. 불행인지 다행인지 문제의 앙마들도 함께 있었어요. 나는 야구방망이를 하나 들고 앙마들에게 다가가서 게네들은 쳐다보지도 않고 WILL에게만 최대한 반갑게 인사했어요. 친한 척을 했죠. 일부러 굵은 목소리를 냈죠. 우렁차게 큰 소리로 말을 걸었어요. 그다음에 배트를 어깨에 올리며 시건방진 톤으로 앙마들에게 무슨 일이냐고 물었는데, 정말 그것만 물었을 뿐인데 앙마들은 놀란 눈치였어요. 앙마1이 앙마2에게 나의 정체에 대해 물었어요. 앙마2가 고개를 흔들자 앙마3이 앙마1에게 귓속말을 했어요. 앙마1이 나를 다시 한번 쳐다보았고, 앙마4가 그냥 가자는 시늉을 했어요. 앙마들은 동시에 고개를 절레절레 흔들었어요. 그러더니 슬슬 뒷걸음질을 하더라고요. 치사하고 시시한 앙마들 같으니라고.

그래서 웃었죠. 내가 웃자 WILL도 웃었어요. 그때는 진짜 웃을 수 있었어요. 선배들에게 하지 못했던 복수를 앙마들에게 한 것 같아서. 비록 당한 것에 비하면 소심하기 짝이 없었지만.

그날도 우리는 함께 집에 갔어요. 같은 방향이었으니까요.

집에 가는 길에 WILL에게 왜 '악마'가 아니라 '앙마'인지 물었어요. WILL은 저런 애들을 '악마'라고 불러버리면 훨씬 잔인하고 사악하고 나쁜 사람들을 부를 말이 없어질 것 같아 그랬다고 했어요. 나는 WILL의 말에 감탄했어요.

얼마 뒤 WILL은 학교를 그만두고 검정고시 준비를 시작했어요. 진짜 악마들이 나타난 건 아닌지 걱정도 됐지만, 나는 묻지 않았어요. 이미 결정한 일에는 다른 말을 덧붙일 필요가 없다고 생각했어요. 이미 볼을 던진 투수에게 왜 그렇게 던졌느냐고 물을 필요가 없는 것처럼. 그냥 WILL이 다음에는 스트라이크를 던졌으면 하고 바랐어요. 다음에 언젠가는.

WILL은 나보다 먼저 대학에 입학했어요. 포르투갈어를 전공하고 있다고 했는데, 사실 나는 포르투갈이 어디 있는지도 몰랐어요. 그냥 야구보다는 어려운 것을 하고 있다고 생각했어요. 하지만 WILL은 늘 야구보다 포르투갈어가 훨씬 더 쉽다고 했어요. 확실히 WILL은 고등학생보다 대학생이 더 어울려 보였어요.

WILL은 내 전화를 받더니 고등학생이 하라는 공부는 안하고 왜 이렇게 전화를 자주 하느냐고 핀잔을 줬어요. 하지만 목소리에서 반가움을 느낄 수 있었어요. 전날 함께 영화를 본 것으로 부족하냐는 말도 했어요. 애인 사이도 이렇게 자주 만나진 않을 거라면서요. 나는 그 말에 피식 웃었어요.

애인이 없어 잘 모른다고 말하려다 말았어요. 백이가 떠올랐기 때문이죠. 애인은 아니지만.

보고 싶어서가 아니라 용건이 있어서 전화했다고 하니 WILL은 그럼 당장 끊으라고 삐진 척을 했어요. 우리들의 로맨스는 이제 끝이라고 했어요. 너무 웃겼지만 억지로 진지한 톤을 유지하면서 사실 보고 싶은 것이 아니라 보여주고 싶은 것이 있어서 전화했다고 말했어요. 꼭 보여줘야 할 것이 있으니 만나자고 했죠.

WILL은 그게 그거라고 했어요. 보고 싶은 것과 보여주고 싶은 것은 같은 마음이라고요. 선뜻 동의할 수 없었지만, 전화로 말다툼하기 싫어서 알았다고 해버렸어요. WILL은 평소처럼 조금만 기다리라고, '산들바람'을 사 가지고 오겠다고 했어요. 나는 WILL이 말하는 산들바람이 뭔지 몰랐지만, 묻진 않았어요.

금세 구름이 낮게 깔려 있었어요.
바람이 살랑살랑 불었어요.
다시 비가 쏟아질 것 같았죠.
나는 WILL에게 우산을 챙기라고 말한 뒤 전화를 끊었어요.

07. BE의 옆구리

― 그럼 조심해서 다녀와요. 오늘도 파이팅!

　　BE는 아이에게 다정하게 인사를 하고 현관문을 닫는다.
서재에는 마무리해야 할 번역 원고가 쌓여 있다. 번역 작업
을 시작하려는데, 갑자기 옆구리가 결린다. 미세한 통증에
이물감이 섞인다. 통증은 강해지다가 약해지기를 거듭한다.
거기에 어떤 전조나 규칙이 없다는 게 BE를 더 불안하고 불
편하게 만든다. 책상에 앉기 전에 가볍게 스트레칭을 해보
지만 소용없다. 일단 의자에 앉는다.
　　무언가에 집중하게 되면, 나아질 것이라는 믿음 때문이다.
하지만 때로 믿음은 기대일 뿐 희망이 되진 않는 법, 옆구리
는 여전히 욱신거린다.

책상 위에 강렬한 표지의 소설책이 놓여 있다.

BE는 미국의 소설가 그뉘 콜맨Gnooy Coleman(1957~)이 쓴 '선천적으로 코가 없이 태어난 남자'에 관한 이야기를 번역하는 중이다.

콜맨은 자극적인 소재를 '보다 더' 자극적으로 다루는 데 일가견이 있는 작가다. 그런 까닭에 BE가 콜맨의 작품을 번역하고 있다고 하면, 다들 놀란다. 차분하고 온화한 성품의 BE와 강렬하고 자극적인 콜맨은 어울리지 않기 때문이다. 아니, 사람들이 그렇게 생각해버리기 때문이다.

작가 콜맨에게는 '콜매니아Colemania'라고 불리는 열성 팬덤과 '안티콜Anti-Cole'이라고 불리며 작가를 극단적으로 싫어하는 부류가 양극단으로 존재한다. BE는 이도 저도 아니다. 그냥 보고 읽고 해석하고 번역하는 사람이다. BE는 역자란 자고로 '이'와 '저' 사이에 존재해야 한다고 믿는 사람이다. 마음속으로는 이 혹은 저를 지향해도 그것을 표현하는 일만은 지양해야 한다고 믿고 있다.

BE가 콜맨을 만난 건 4년 전이었다.

미국 뉴저지New Jersey 트로마빌Tromaville의 '로이드Lloyd'라는 이름의 카페에서 만났다. 콜맨을 만나기엔 지나치게 깔끔하고 단정한 카페였다.

BE는 당시 번역가 자격으로 프린스턴Princeton 한국 학교로부터 특강 요청을 받았다. 공식 행사가 끝난 뒤, 학교장은 그 지역에 사는 소위 문학인들을 모았다. 다양한 연령대의 미국 작가들이 모였고, 콜맨도 그중 한 명이었다. 한국문학 애호가들도 동석했다.

미국으로 떠나기 전 BE는 한 편집자로부터 콜맨의 작품을 번역해보는 것이 어떻겠냐는 제안을 받았다. 영미권의 서정적인 작품들을 한국적 정서를 담아 우리말로 옮기는 데 능한 BE가 콜맨의 '폭력적인 서정Trigger-happy Lyricism'을 번역하면 신선한 책이 탄생할 것 같다는 이유였다. 물론 궁극적으로는 출판계에서 작은 이슈라도 만들고 싶은 심정이었겠지만. 암튼 BE는 그 제안을 긍정적으로 받아들였다. 그렇지만 확답을 하진 않았다.

트로마빌의 카페 로이드에 콜맨이 등장했다.

카키색 캐주얼 셔츠와 페르시아 문양이 프린트된 팬츠 차림이었다. 자줏빛 스카프도 목에 두르고 있었다. 그는 보잉 선글라스를 벗으며 사람들에게 인사했다. 인사법 역시 그의

패션처럼 미국적이지 않았다. 밀라노에 오래 살았던, 예의 바른 슬로베니아 중년 신사 같다는 인상을 지우기 어려웠다.

콜맨은 아주 차분하고 신사적이었다. 작품을 통해 상상한 모습과는 거리가 멀었지만, 그러한 차분함과 세련된 매너는 아주 자연스러웠다. 분명히 몸에 배어 있는 것이었다. 인위적이거나 가식적인 것과는 거리가 멀었다. 그는 생각했던 것보다, 상상했던 것보다 훨씬 신사적이었으며, 때론 그것이 과해 영화적으로까지 느껴졌다. 마치 영화 속에서만 만날 수 있을 것 같은 느낌.

무엇보다 상대를 편하게 만들 줄 아는 사람이었다. 이야기를 나누며 잘 웃고, 머리를 자주 긁적이는 모습이 친근했다. 절대 '사람을 잘게 토막 내서 갈아 마시는 이야기'를 쓸 수 있을 것 같지 않았다. 그저 맛있는 생과일주스를 마시는 것이 어울리는 미중년이었다.

그는 대화를 할 때 상대방의 눈을 지그시 쳐다보며 존중과 호감을 표시하곤 했다. '일주일 내내 말없이 섹스와 살인만 반복하는 색광 겸 살인마 이야기'를 쓸 수 있는 사람과는 거리가 멀어 보였다. 도무지 그런 상상이 불가능해 보이는 외모였다.

콜맨이 최근에 읽은 책에 관한 이야기를 마치고 머리를

긁적일 때, BE가 자연스럽게 말을 걸었다. 콜맨의 작품에 관한 이야기였다.

BE는 당시 한국어로 번역이 되어 있지 않았던 《변기의 변천사The Toilet Chronology》에 대해 이야기했다. 그 작품은 일생을 오직 한 여자만 사랑한 남자에 관한 이야기였다. 남자는 여자가 원하는 것이면 뭐든 다 해주고 싶었고, 여자가 농담조로 자신만의 변기가 되어달라고 하자 진짜 변기로 변해갔다. 소설은 그 과정을 보여주는 데 집중했다. BE는 인간이 변기로 변하는 과정을 너무나도 사실적으로 묘사한 부분이 마음에 들었다. 진짜 겪어보지 못한 사람은 절대 쓸 수 없는 문장들이라고 생각했다. 그리고 남자가 변기가 되기 위해 열심히 수술비를 모은다는 설정에 탄복했다. 자본주의와 사랑의 슬픈 연결 고리를 제대로 표현했다고 생각했기 때문이다. 자본 없는 애정은 존재할 수 없는 세상. 그래서 쉴 틈이 없는 세계. 그런 부분이, 그 사실성이, 모방할 수 없는 사실성이, 실제를 꿰뚫는 철학이, 경험할 수 없는 일을 생생하게 담아내는 솜씨가 너무 좋았다고 하자, 콜맨이 머리를 긁적이며 흐뭇해했다. BE는 영어로 말하는 도중 '리얼real'이라는 단어를 너무 과하게 쓴 것 같아 조금 창피했다. 왠지 리얼하지 않은 이야기를 늘어놓은 느낌이었다.

BE의 말을 듣고 난 뒤 콜맨은 미소를 띤 채 설명했다. 사랑에 빠진 사람들이 어떻게 해서든 긍정적인 방향으로, 연인이 원하는 방향으로 변하고자 하는 마음을 담고 싶었다고 했다. 그리고 사람들은 사랑 앞에서, 때로는 변기보다 더 심한 것으로도 변하지 않느냐며 되물었다. 그 과정은 힘겹고, 그 힘겨움이 삶에서 휴식의 순간을 앗아간다고도 덧붙였다.

BE는 온전히 수긍했다. 주변 사람들도 고개를 끄덕였다. BE는 충실한 답변에 고마움을 전한 뒤 가장 좋아하는 작가가 누군지 물었다.

— 소제 자라마구!

콜맨은 지체 없이 소제 자라마구라고 했다. 《코 막힌 자들의 도시》를 영어로, 포르투갈어로 수십 번 읽었고, 앞으로도 더 읽을 거라고 했다. 어린 시절을 브라질에서 보낸 덕에, 거기서 자라마구의 작품들을 접했다고 했다. 콜맨은 자신의 어린 시절을 떠올리는 듯 천진한 표정으로 브라질 예찬을 늘어놓았다. 머리를 긁적거리며 코파카바나^{Copacabana} 해변을 설명할 때는 입 모양이 섹시해지기까지 했다. 본질적으로 자신의 문학은 브라질에서 출발했으며, 곧 자라마구의 작품을 오마주한 작품도 발표할 예정이라고 했다.

BE는 자신도 모르게 그 작품을 꼭 번역해보겠다고 했고, 콜맨은 다 알고 있다는 듯 신사적이고 그윽한 미소를 지으며 곧 그럴 기회가 생길 거라고 했다.

그런 만남이 있고 난 뒤 4년이 흘렀고, BE는 콜맨의 작품을 번역 중이다.

BE는 며칠째 제목을 고민 중이다.

고민이 깊어질수록 옆구리가 더욱 쑤신다. 콜맨이 4년 전에 말했던 바로 그 작품이다. '선천적으로 코가 없이 태어난 남자' 이야기. 소제 자라마구의 문학을 오마주한 작품이다.

소설의 원제는 'Miscellaneous Archives: Regarding Castration of Mr. Y'다. 직역하면 '이런저런 기록 보관소: 와이(Y)씨의 거세와 관련된' 정도가 될 것이다. 편집자는 '거세'라는 말을 빼고 싶어 하지만, BE는 그대로 두고 싶다. 그래서 고심 끝에 '거세'의 거취를 콜맨에게 직접 물어봐야겠다고 결심한다. 콜맨은 분명 현명한 대답을 해줄 것이다.

당장 메일을 보내고 싶지만, 옆구리가 너무 욱신거린다. 간신히 책상에서 일어나 침실로 들어간다. 침대에 눕는다.

하얀 천장을 보며, 눈을 감는다. 눈앞이 새하얗다. 몇 주 전부터 옆구리가 조금씩 쑤셔왔다. 옆구리 안쪽에서 느껴지던 이물감이 조금씩 부풀어 오르는 느낌이다.

　BE는 남편을 떠올린다.
　통증이 잠시 사그라드는 듯하다.

　그리고 잠들기 위해 노력한다.
　그리고 고통스럽지만 서서히 잠이 든다.
　그리고 시간이 흐른다. 고통이 잠시 멈춘 채로 시간이 흘러간다.

　통통통.
　통통통.

　빗소리에 BE가 깬다. 눈을 뜨자마자 본능적으로 손이 옆구리로 향한다. 부풀어 오른 자리가 유독 크게 느껴진다.
　그뉘 콜맨의 소설 속 이야기가 아니다.
　소제 자라마구의 작품 속 이야기가 아니다.
　번역가 BE의 몸에 실제로 일어난 일이다.

눈.

눈이 생긴 것이다.

BE의 옆구리에 커다란 눈이 생긴 것이다. 왼쪽 옆구리에
커다란 눈이 생긴 것이다. 아주 태연하게 커다란 눈이 생긴
것이다.

그게 2주 전 일이다.

BE는 황급히 눈을 감췄다. 커다란 붕대로 옆구리를 친친
감았다. 하지만 붕대 속에 숨겨진 세 번째 눈을 영원히 감출
자신이 없다. 자신을 원하는, 너무나 사랑하는 남편을 계속
피해야 하는 상황이 미안하고 슬프다. 아직 옆구리의 눈을
남편에게 보여줄 용기가 없다. 어떻게 해야 할지도 전혀 감
이 잡히지 않는다. BE는 콜맨이라면 정답을 알고 있을지도
모른다고 생각한다.

여전히 빗소리가 들린다. 혹시 콜맨이 그 답을 모른대도,
자라마구는 알고 있을 것이다. 그렇게 생각하니 당장 브라
질에 가야 할 것만 같다.

통통통.

통통통.

비는 여전하다.

빗소리도 여전하고.

다행히도 옆구리의 고통은 사라졌지만.

08. 놀라지 않았어요

WILL은
놀라지도 않았고,
심지어 웃지도 않았고,
징그럽다고 하지도 않았고,
울지도 슬퍼하지도 않았어요.

그저 고개를 끄덕끄덕.
그것이 새로 생긴 내 세 번째 눈을 처음으로 본 사람의 반응이었어요.
반응이 예상외로 너무 시큰둥해서 도리어 내가 실망스러울 정도였어요. WILL은 내 왼손 가운뎃손가락을 조몰락거리면서 면밀히 살펴봤어요. 뭔가 꽤 아는 사람처럼 전문적으로 점검하는 시늉도 했어요. 눈이 잘 보이는지 테스트도 했고, 언제부터 그랬냐고 묻기도 했어요. 연신 진지한 톤으로 시답지 않은 질문들을 했어요. 시신경 어쩌고저쩌고하면서 잘난 척까지 했어요. 앞으로는 손가락이 아플 때 연고 대신 안약을 넣어야겠다는 말도 덧붙였어요. 사실 난 그렇게까지 깊게 생각하진 못했어요. WILL은 이미 내 눈에 대해 환히 알고 있던 사람처럼 아주 소상히 묻고 조언해주고 걱정해줬어요. 간간이 잘난 척도 하면서.

WILL이 놀라지 않아 조금 실망했지만, 의외의 배려에 살짝 감동도 했어요. 손가락에는 안약 넣기 정말 편하겠다는 우습지도 않은 농담에 웃어준 것도 그 때문이었어요.

— 자, 산들바람!

WILL은 갑자기 생각났다는 듯 무언가를 테이블 위에 던져놨어요. 여섯 개가 들은 오레오 오리지널이었어요. 내가 이게 왜 산들바람이냐는 표정을 짓기도 전에 WILL이 입을 열었어요.

— 오레오가 스페인어로 산들바람이야.

내가 스페인어도 할 줄 아냐는 눈빛을 보내려고 하자, WILL은 고개를 돌리며 한마디 툭 던졌어요.

— 포르투갈어와 스페인어가 비슷하다고 해서 조금 공부하고 있어. 너 이거 좋아하잖아.

WILL과 이야기를 나누고 있으니 손가락에 생긴 눈이 대수롭지 않게 느껴졌어요. 둘 중 누가 눈이 생긴 건지 헷갈리기까지 했어요. 나중에는 손에 작은 티눈이 하나 생긴 것처럼 대수롭지 않게 여겨졌죠. 그저 누구나 겪는 일상의 변화 같았어요.

왜 전혀 놀라지 않느냐고 물었더니 WILL은 대수롭지 않게 대답했어요. 놀라도 변하지 않는 것에는 놀랄 필요가 없다고. 세상에는 바꿀 수 있는 것과 그렇지 않은 것이 있는데, 그렇지 않다고 판단되면 그냥 가만히 두고 보면 된다고. 중학교 때 양아들에게 저항하지 않았던 것과 같은 이유라고. 바뀌지 않는 것에는 호들갑 떨어봐야 소용없다고. 바꿀 수 있는 것들도 다 바꾸려면 시간이 부족한데, 왜 바꾸지 못하는 것들까지 바꾸려 하느냐고. 그렇게 되물었어요. 나는 아무런 말도 하지 못했어요. 오레오도 먹지 못했고요.

그냥 그 순간 WILL과 나 사이에 더 커다란 공통분모가 생긴 것 같았어요. 그 느낌이 나쁘지 않았어요.

　　우리는 카페 구석에 앉아서 그렇게 노닥거렸어요. WILL은 내 손을 만지며 웃었어요. 주변에서 손을 조몰락거리며 시시덕거리는 모습을 이상하게 보는 것 같았지만, 우리는 신경 쓰지 않았어요.
　　WILL이 갑자기 낄낄거리기에 왜 그렇게 웃느냐고 묻자, 부러워서 그런다고 했어요. 내가 부러울 게 뭐가 있느냐고 되묻자, WILL은 제법 체계적으로 대답했어요.

　　첫째, 앞으로 거리의 예쁜 여자들, 지하철의 미녀들을 보지 않고도 볼 수 있을 테니 좋겠다. 부럽다! (예쁜 여자들은 얼굴에 달린 눈으로도 볼 수 있지 않나?)
　　둘째, 시험에서 자유자재로 커닝을 할 수 있을 테니 좋겠다. 부럽다! (초등학교 때부터 운동을 해서 시험에 대한 강박이 덜하다. 앞으로 시험을 볼 일이 있을까?)
　　셋째, 손가락을 흔들며 눈을 쉽게 자랑할 수 있어서 좋겠다. 부럽다! (물론, 쉽게 자랑할 순 있겠지만 그렇다고 그게 자랑거리라고 할 수 있을까?)

넷째, 새로 생긴 눈으로 장롱과 침대 밑, 거리에 떨어진 동전만 주워도 부자가 될 수 있을 테니 좋겠다. 부럽다! (그걸로 부자가 될 수 있다면, 누구나 당장 부자가 될 수 있지 않을까?)

WILL의 너스레 때문인지 시간이 지날수록 마음이 편해졌어요. 나도 덩달아 코 파기도, 귀 파기도 훨씬 수월해졌다고 했어요. 그런데 곰곰이 생각해보니 코 파기는 그리 나을 것도 없을 것 같았어요.

WILL은 야구에도 도움이 될 거라고 했어요. 내가 의아해하자, 투수라면 주자의 움직임을 훔쳐볼 수 있고 타자라면 포수의 사인을 훔쳐볼 수 있으니 얼마나 좋으냐고 했어요.

내가 그런 건 당장의 성적에는 도움이 될지 몰라도 장기적으로는 아무런 도움이 안 된다고 정정해주자, WILL은 멋쩍게 웃으며 고개를 끄덕였어요. 그렇게 야구 이야기를 하고 있을 때, 전화가 왔어요.

브라더였어요.

브라더는 아주 진지한 목소리로 집에 들어오라고 했어요. 무슨 일이냐고 물었어요. 브라더는 대답 대신 어서 들어오라는 말만 반복했어요. 나는 병원에 들른 뒤 학교에 왔으니 걱정 말라고 거짓말을 했고, 브라더는 내 말을 끝까지 듣지도 않고 어서 집에 들어오라고 말했어요. '어서'를 여러 번 강조했어요. 내가 왜 그러느냐고 묻자 브라더는 길게 한숨을 내뱉었어요. 그리고 가만히 숨만 내쉬었어요. 나는 집에 감독님이라도 찾아왔느냐고 물었어요. 물론 농담조로 한 말이었는데, 브라더가 그렇다고 대답했어요. 감독님이 왔다고, 분명히 감독님이 집에 왔다고 했어요. 그러니 어서 들어오라고. 귀를 의심하지 않을 수 없었어요. 감독님이 집에서 나를 기다리고 있다고 했거든요. 감독님이, 우리 집에서, 나를, 기다리고 있다고 말했어요.

WILL은 내 표정을 보더니 허벅지를 벅벅 긁었어요. 내가 마지막이라는 심정으로 정말 감독님이 집에 왔느냐고 묻자, 브라더는 버럭 소리치며 어서 집에 들어오라고 했어요.

— 어서!

WILL이 우리 집까지 함께 가주겠다고 했어요. 나는 거절하지 않았어요. 사실 거절할 정신도 없었어요. 그냥 WILL을 따라 걸을 뿐이었죠.

꽤 먼 거리였지만, 그냥 걷기로 했어요. 일찍 들어가고 싶은 마음이 없었어요. 사실 몹시 두려웠어요. 앞으로 어찌해야 할지 전혀 감이 잡히지 않았어요. 머릿속이 복잡했어요. 내가 고민하자 WILL은 사실대로 털어놓으라고 했어요. 진실이 늘 최선이 될 순 없지만, 어쨌든 차선 정도는 된다고요.

내가 감당하기 힘든 일들이 벌어지는 느낌이었어요. WILL은 어차피 다들 알게 될 일이니 조금이라도 빨리 알리는 편이 나을 거라고 했어요. 장난기가 쏙 빠진 그 한마디가 가슴에 팍 와닿았어요. 어차피 다들 알게 될 일.

하지만 두려웠어요.
구체적으로 뭐가 두려운지 잘 몰랐지만 두려웠어요.
구체적으로 뭐가 두려운지 몰랐기 때문에 더 두려웠어요.

닭발을 시키던 브라더의 얼굴이 떠올랐고,
나를 걱정하던 시스터의 목소리가 들려왔고,
문화상품권을 준 뒤 고개를 돌리던 감독님의 쓸쓸한 뒷모습이 생각났어요.

우리는 집 앞까지 왔지만, 선뜻 들어가지 못했어요. 동네를 몇 바퀴 더 돌았어요. 돌고 돌아도 답은 나오지 않는다는 것을 둘 다 알고 있었지만, 그래도 그렇게 했어요. 무척 피곤했고, 쉬고 싶었어요. 그러고 보니 결승전 이후에도 제대로 쉰 날이 없었어요. 물론, 결승전 전에도 쉬지 못했고요.

다행스럽게도 브라더는 다시 전화를 하진 않았어요. 다리가 아플 때까지 걷다가 아파트 단지 앞 화단에 쪼그리고 앉았어요. 어린아이가 된 것 같았어요. 과거로 돌아간 기분이었죠.

우리는 멍하니 앉아 무언가를 기다리고 있었어요. 아무 말도 하지 않았고, 심지어 꼼짝하지도 않았어요. 나는 손가락으로 하늘을 봤어요. 어떤 계시를 기다리고 있었죠. 하늘은 어두웠어요. 캄캄하기만 하고 별은 보이지 않았어요. WILL은 쪼그린 채 다리를 긁고 있었어요. 손톱으로 벅벅 다리를 긁는 소리가 들렸어요.

그때 누군가가 나를 불렀어요. 이름을 부른 건 아니었지만, 아침마다 듣는 익숙한 목소리였어요.

— 저기요.

시스터였어요. 나는 놀라 자리에서 벌떡 일어났어요. 시

스터와 브라더보다 감독님이 먼저 눈에 들어왔어요. 감독님
이 괜찮으냐고 물었어요. 몹시 지친 표정이었지만, 전혀 노
여움이 느껴지지 않았어요. 평소와는 다른 말투였어요. 심
지어 사투리도 쓰지 않았어요. 나는 아무런 대답도 하지 못
했어요. WILL도 조용히 있었어요. 옴짝달싹 못 할 분위기
였죠. 그저 멍하니 감독님을 바라보고 있었어요. 감독님 뒤
로 브라더와 시스터가 보였어요. 두 사람 역시 걱정스러운
눈빛이었어요. 무척 당황스러웠어요. 어찌할 바를 몰랐어요.
그래서 그냥 계속 서 있었어요. 그렇게 모두 서 있었어요.

나도,
WILL도,
감독님도,
그 뒤에 브라더도,
그리고 시스터도.

그렇게 서 있었어요.
감독님이 다시 한번 괜찮으냐고 물었어요. "괜안나?" 이
번에는 사투리였어요. 그 사투리에 갑갑한 침묵이 깨졌어
요. 익숙한 억양을 듣자 와락 눈물이 났어요. WILL 빼고는

다들 놀라는 눈치였어요. 감독님은 왜 우느냐고 물었고, 그 말을 들으니 더 눈물이 났어요. 브라더는 내 어깨를 두드리며 일단 안으로 들어가자고 했어요. 눈물이 멈추지 않았어요. 시스터도 어서 들어가서 얘기하자고 했어요. 눈물이 멈추지 않았어요. 영원히 멈추지 않을 것 같았어요. 손가락에 생긴 눈에서도 눈물이 흘렀어요.

그때 WILL이 괴상한 소리를 냈어요.

갑작스러운 소음에 놀라 모두가 돌아보니, WILL이 내 왼손 가운뎃손가락을 보라고 소리쳤어요. 다들 놀란 눈으로 나를 보았죠. 어서 왼손을 보자고 했어요. 투수에게 손이 얼마나 중요한지 다들 알았던 거죠. 브라더는 며칠 전부터 손에 문제가 있었던 것 같다면서 당장 내밀어보라고 했어요. 시스터는 병원에 다녀왔느냐고 물었고, 감독님은 그래서, 손가락이 아파서 학교에 오지 않은 거냐고 물었어요. 동시 다발적인 질문 공세에 나는 대답할 수 없었어요. 그렇다고 말없이 계속 버틸 수도 없었어요.

길게 한숨을 내쉬고, 괜히 주변을 두리번거리다가, 다시 길게 한숨을 내쉬기를 반복했어요. 모두 내게서 시선을 떼지 않았어요. 내 행동을 주시하고 있었어요. 어서 손가락을 보여달라는 눈빛들이었어요.

그래서 어쩔 수 없이 왼손을 치켜들었어요. 그리고 사람들에게 가운뎃손가락을 내밀었어요. 일단 손등 쪽을 향한 채 손톱을 보여줬어요. 쥐 죽은 듯 조용했죠. 브라더, 시스터, 감독님 모두 이 상황이 당혹스러운 눈치였어요. 내가 내민 가운뎃손가락을 보며 어떤 반응을 해야 할지 고민스러운 표정이었어요.

나는 이를 한번 악물고 마지막 결정구를 던지는 심정으로 아주 천천히 손목을 돌렸어요. 손가락의 지문이 있는 쪽을 사람들에게 보여줬어요. 브라더, 시스터, 감독님은 내 행동을 이해하지 못하는 표정이었어요. 감독님이 내 손을 잡아채 유심히 보기 시작했어요. 성질 급한 감독님의 어깨 너머로 브라더와 시스터도 내 손가락을 봤죠. 순간 셋의 표정이 완전히 굳어버렸어요.

나는 손가락에 생긴 눈으로 사람들을 빤히 바라보면서 두 번 깜빡였어요.

깜빡 그리고 또 깜빡.

세 사람은 넋이 나간 표정이었어요. 아무도 입을 열지 않았어요. 열 수 없었겠죠. 손가락에 달린 눈을 보고 무슨 말을 할 수 있겠어요.

그렇게 브라더와 시스터와 감독님이 내 세 번째 눈에 대해 알게 되었어요.

밤하늘에는 여전히 별이 보이지 않았고, WILL은 옆에서 조용히 허벅지를 긁고 있었어요.

나는 왠지 안도감이 들었어요. 침대에 누워 편히 쉬고 싶었어요. 백이가 준 노래를 들으면서.

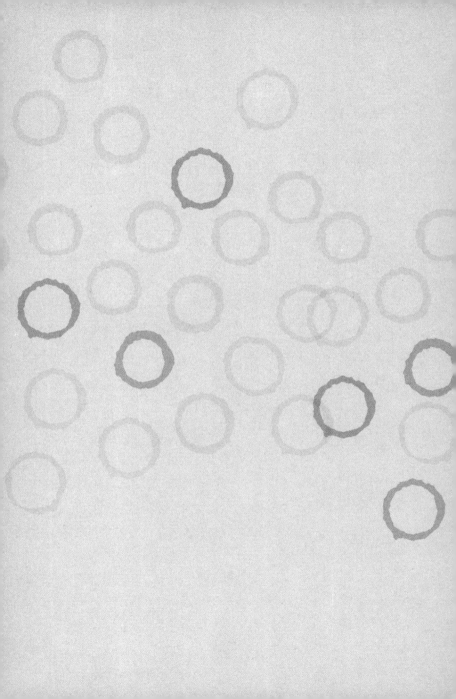

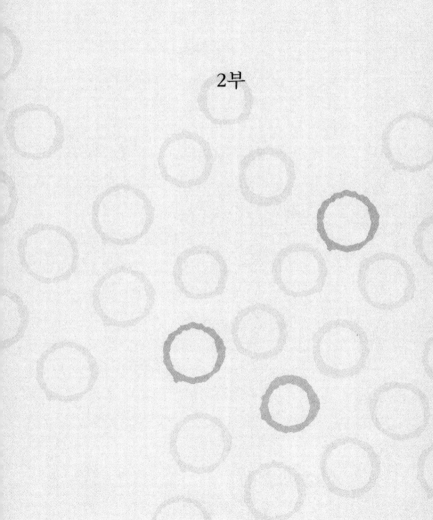

2부

09. 1회 초 무사

끝날 때까지 아무것도 끝난 게 아니고, 시작은 절대 반이 아니다.

인생도, 또 야구에서도 그렇다.

1회 초 무사의 마음이면 못 할 것이 없다.

매 순간을 그런 마음으로 임하라.

감독이 매 경기 강조하는 말이다.

1회 초 무사에는 천하의 강팀도, 최악의 약체도 승리를 꿈꾼다. 매회 다시 시작하는 마음을 가져라. 매 순간 그런 마음을 잊지 말라.

감독은 야구의 매력이 쉽게 끝나지 않음에 있다고 믿는

다. 축구는 정해진 시간이 다 되면 경기가 끝나버리지만, 야구는 '우리'만 잘하면 영원히 끝나지 않는다. 축구에서는 후반 45분에 5대 0의 스코어를 뒤집을 수 없지만, 야구에서는 9회 말 투아웃 상황에 50대 0도 뒤집을 수 있다. 우리만 잘하면 100점도, 1000점도 낼 수 있다!

역전의 가능성이 가장 높은 스포츠가 바로 야구다.
늘 승리의 희망이 존재하는 승부가 바로 야구다.

감독은 항상 '1회 초 무사'의 정신이 필요하다고 강조한다.

새롭게 시작하는 마음.
포기하지 않는 마음.
희망이 담긴 마음.

하지만 감독은 그 마음가짐을 유지하는 것이 얼마나 고된 일인지 모른다. 항상 시작하는 마음으로 임하라는 것은 늘 긴장하라는 뜻이고, 포기하지 말라는 것은 모든 에너지를 다 소진하라는 뜻이고, '늘 처음처럼'이라는 말은 쉬지 못한다는 뜻인 줄 모른다.

손가락 끝에 생긴 눈이 세상에 드러난 그 순간, 아이는 '1회 초 무사'의 마음을 떠올려본다. 새롭게 시작하고 싶다. 그러면서도 쉬고 싶다. 이 시작을 늦추고 싶다. 혹은 멈추고 싶다. 하지만 이도 저도 쉽지 않다. 브라더, 시스터, 감독, WILL까지 총 여덟 개의 눈이 손가락 끝에 생긴 눈 하나를 빤히 보고 있다.

은퇴 경기가 끝나버린 기분이다. 다시는 마운드에 오르지 못할 것 같다. 관객들이 박수를 칠 만큼 다 치고 경기장을 빠져나가고 있다. 재차 기회가 올 것 같지 않다. 쉼이 아닌 끝이 찾아온 것 같다.

아이는 왼손 가운뎃손가락의 눈을 깜빡거린다.
그렇게 진실이 드러난다.

브라더도, 시스터도, 감독도, WILL도 각자의 침대에서 잠 못 이루는 밤이 깊어간다. 하루를 보내고 온전히 쉬고 싶지만 그러지 못한다. 아이는 침대에 누워 세 눈을 깜빡인다. 천장을 보며 백이를 생각한다. 백이가 다시 꿈에 나와 손가락 끝에 달린 눈을 보고도 다 이해한다고 말해준다면 모든 혼란이 사라지고 1회 초 무사의 마음이 될 수 있을 것만 같다. 평화로운 잠깐의 휴식이 올 것만 같다. 그럴 것만 같다.

그런 일은 생기지 않고, 아침이 온다.

이른 아침, 대학병원 복도에서 감독이 안절부절못하며 귀를 후비고 있다. 얼굴에는 초조함이 가득하다. 브라더와 시스터도 태연한 척하며 접수처 앞에 서 있다. 그냥 그런 척하고 있을 뿐이다.

아이는 의자에 앉아 가운뎃손가락에 새로 생긴 눈을 깜빡이고 있다.

브라더는 안과에 가는 것이 옳다고, 감독은 외과 쪽이 나을 것 같다고, 시스터는 접수처 직원에게 물어보자고 한다. 아이는 이도 저도 싫다. 시력에는 문제가 없고, 외상도 없고, 접수처 직원에게 가운뎃손가락을 보여주기는 더더욱 싫다. 굳이 어딘가를 가야 한다면 정신과에 가고 싶은 심정이다. 미쳐버릴 것 같으니까.

아이는 이렇게 뱉어버린다.

— 피부가 갈라진 것이 분명하니까 피부과로 가죠.

세 어른은 서로를 번갈아가며 바라본다. 놀란 표정이다. 대답을 찾지 못한 얼굴이다. 대안이 없는 심정이다. 미궁에 빠진 얼굴들. 대안 없는 싸움에서 승자는 언제나 목소리가 큰 쪽이다.

아이는 톤을 높여 다시 한번 자신의 견해를 내세운다. 결국 브라더가 피부과에 가서 접수를 한다. 접수처 직원은 당일 진료의 경우, 대기 시간이 아주 길다고 설명한다. 감독은 외과에 가지 못해 아쉬운 듯, 귀를 후비며 담배를 피우러 나간다. 브라더는 시무룩한 표정으로 대기실 구석 벤치에 앉는다. 시스터는 편의점에 간다.

이제 기다릴 시간이다. 아주 길게.

아이는 텔레비전을 본다.

리얼 버라이어티 쇼가 방영 중이다. 스타들이 일반인들과 함께 여행을 다니며 겪는 에피소드를 보여주는 방송이다. 몸을 움직이는 게임 중인데, 운동신경이 과하게 떨어지는 유명인이 평범해 보이는 일반인에게 쩔쩔매는 장면에서 아이가 크게 웃는다. 과한 웃음 탓에 대기실 분위기가 싸늘해진다. 아이가 손가락으로 주위를 둘러보니 진지하게 텔레비전을 보고 있는 사람이 없다. 혼자 열혈 시청 중이다. 시스터가 아이에게 다가와 무언가를 건넨다.

— 오, 오레오네요.

시스터는 대답 대신 미소를 짓고, 브라더에게 간다. 아이
는 과자 봉지를 뜯을지 말지 망설인다. 브라더는 시스터가
옆에 앉자, 허리를 감싸 안으려 한다. 시스터가 민망하다는
제스처를 하며 브라더의 손을 잡아 뺀다. 브라더는 시무룩
하게 손을 내린다. 감독은 담배 냄새를 잔뜩 품은 채 대기실
로 들어와 팔짱을 끼고 이리저리 서성인다. 다른 대기자들
은 핸드폰에 코를 박고 있다.

아이는 과자를 든 채로 다시 텔레비전을 본다. 광고가
시작하자, WILL에게 병원에 잘 왔다고 메시지를 보낸다.
텔레비전에서는 새로 시작할 예능 프로그램의 광고가 한창
이다. WILL은 아이의 연락을 기다리고 있었던 사람처럼 즉
각 답을 한다. 새 예능의 진행자가 우스꽝스러운 목소리로
프로그램을 선전한다. WILL은 새로 생긴 눈알을 빼는 수술
을 하기로 했느냐고 묻고, 아이는 닥치라고 답문한다. 그러
면서도 내심 불안하다. 텔레비전에서 진행자가 고래고래 외
친다.

― 마음껏 상상하라! 무엇을 상상하든, 그 이상을 만날 것이다!

아이는 그 말을 들으면서 마음껏 자신의 최악을 상상해본다. 무엇을 상상하든 그 이하를 만날지도 모른다는 불안이 엄습한다. 시간이 더디게 흐른다.
점심시간이 되기 바로 직전, 간호사가 아이를 호명한다.

― 유, 아, 이, 씨!

호명과 함께 브라더, 시스터, 감독, 아이가 동시에 진료실로 들어간다. 네 명이 동시에 들어가기엔 좁은 문이다. 그 광경을 본 간호사는 고개를 좌우로 흔든다. 시스터와 감독이 브라더를 본다. 브라더가 한마디 한다.

― 죄송합니다. 제 동생이 좀 심각해서요. 보호자가 너무 많은가요?

간호사도, 의사도 대꾸가 없다. 의사는 환자를 보지도 않는다. 아이의 얼굴 대신 모니터만 본다. 근엄한 표정이다. 모니터가 환자인 양 바라보고 있다. 그 표정과 똑같은 단조로운 목소리로 어디가 아픈지 묻는다.

아이는 의사를 향해 가운뎃손가락을 쭉 내민다. 간호사가 놀란 표정으로 아이의 행동을 저지하지만, 다른 사람들은 아랑곳하지 않는다. 의사는 여전히 엄숙한 표정으로 모니터만 보고 있다. 간호사의 목소리에 짜증과 신경질이 그득하다.

— 여기서 뭐 하시는 거예요? 이러시면 안 돼요. 의사 선생님께 욕하시면 안 돼요.

의사가 그제야 고개를 쓱 돌리고, 아이는 씩 웃는다. 참 해맑다. 아이의 미소가 더없이 해맑다. 의사의 얼굴에서 엄숙함이 사라진다. 그가 떨리는 목소리로 묻는다.

— 도도도대대체체체체에 이이이이게에 머머머어지이이요요오?

브라더와 시스터와 감독이 동시에 고개를 젓는다. 이유를 모르겠다는 뜻이다. 뒤늦게 아이도 함께 고개를 흔든다. 어찌할 바를 모르겠다는 뜻이다. 간호사도 고개를 젓는다. 보기 싫다는 뜻이다.

시스터가 카랑카랑한 목소리로 그걸 몰라서 병원에 온 것 아니겠냐고 되묻는다. 브라더가 미소를 띤 채 고개를 주억거린다. 의사는 손을 부들부들 떨면서 아이의 손가락을 살피기 시작한다. 만지는 것조차 무서워하는 눈치다. 그리고 다시 떨리는 목소리로, 하지만 다소 공손해진 말투로 말한다.

— 지지지인짜아아 시시심각하구구군요오.

브라더, 시스터, 감독, 아이 그리고 간호사까지 동시에 고개를 끄덕인다. 의사는 계속 쓸데없는 것들을 주섬주섬 묻는다. 질문은 길고, 대답은 짧다.

— 도도대체 어어언제부터어?
— 며칠 전!
— 아아프프프시진 않으신지요요오?
— 아뇨!
— 여어기이이 마알고고고온 다다다다른 고스은 괘괘괜찮으으으신지?
— 예!

— 아아치임 식사느은은 자자알 하고 오오시었는지이?

— 예!

아이가 손가락 눈을 두 번 깜빡이자, 의사는 몸까지 떨면서 기겁한다. 그리고 간신히 밖에 나가 기다려달라고 말한다. 간호사의 얼굴은 백지장처럼 하얗다.

넷이 함께 진료실 밖으로 퇴장한다. 들어갈 때보다 분위기가 한결 밝다.

대기실로 돌아온 넷은 묘한 동지애를 느낀다. 강팀과 벤치 클리어링bench-clearing[15]을 하고 더그아웃으로 돌아온 약팀의 동료애 같은 것이다.

한참 뒤, 간호사가 다시 아이를 부른다.

진료실 안은 이미 가운을 입은 사람들로 꽉 차 있다. 말을 심하게 더듬던 피부과 의사가 먼저 입을 연다.

----

15 야구 또는 아이스하키 등의 스포츠 경기 도중 선수들 사이에 싸움이 벌어졌을 때, 양 팀 선수들이 모두 벤치를 비우고 싸움에 동참하는 행동.

― 이것은 피부과에서 단독으로 해결할 수 있는 문제가
아닙니다. 그렇다고 다른 과에서 진료하기도 쉽지 않을 것
같고 해서 여러 선생님들을 모셨습니다. 안과, 내과, 외과,
신경정신과, 방사선과, 마취과, 성형외과에서 오셨습니다.
자, 이분들께 손가락을 좀 보여주시죠. 도무지 제 말을 믿지
않으셔서…….

　아이는 대수롭지 않게 가운뎃손가락을 쭉 내민다. 의사들
의 눈이 똥그래진다. 아이가 손가락 눈을 한번 깜빡거린다.
피부과 의사의 얼굴이 창백해진다. 다시 한번 깜빡. 그가 다
시 말을 더듬는다.

　― 저저기기기이 보오세세세세에요오오오. 제에에에 마
마마리 맞아아아았지요요오.

　안과 의사는 내과 의사를, 내과 의사는 외과 의사를, 외과
의사는 신경정신과 의사를, 신경정신과 의사는 방사선과 의
사를 본다. 마취과 의사는 아무도 보지 않고 다리를 떤다.
간호사는 제자리에서 발만 통통 구른다. 성형외과 의사는
다른 사람들과 달리 아이의 손가락에서 눈을 떼지 않는다.

의사들의 회합 후, 아이는 간호사를 따라 여러 검사실과 진료실을 돈다. 피부과에서 137가지 알레르기 반응 검사를 받고, 안과에서는 시력, 안압, 색맹, 색약, 시야 검사를 받고, 외과에 가서 손가락 관절 검사 후 X-ray, MRI, CT를 차례로 찍고, 심전도와 호흡과 맥박도 체크한다. 음주 및 약물 중독 여부를 확인하고, 혈액 검사, 소변 검사, 대변 검사도 받는다. 거기까지 마치고 나온 아이에게 간호사가 묻는다.

— 저도 환자님 손가락 눈 한 번만 만져봐도 될까요?

아이는 웃으며 그러라고 한다. 간호사는 아주 조심스럽게 가운뎃손가락에 생긴 눈을 만진다. 다 만진 뒤 아무렇지도 않은 척하지만, 그게 더 어색할 뿐이다. 가운뎃손가락에 생긴 눈을 보고, 심지어 만져보고 아무렇지도 않을 순 없다.

다시 지루한 대기가 이어진다. 아이는 더 이상 최악을 상상하지 않는다. 기분이 조금씩 나아진다. WILL에게 연락한다. 눈알을 뺄 것 같지는 않다고.

다시 들어간 피부과 진료실에서 의사는 재차 떨리는 톤으로 말한다. 새로 생긴 눈 주변에 감염 등의 위험이 있으니 당분간 소독 잘하고, 잘 감싸고 다니라고. 간호사가 조심스럽게 눈 주위에 새빨간 소독약을 바른다. 그리고 손가락 굵기에 비해 다소 과하게 붕대를 감는다. 아이는 손가락 눈을 감는다.

의사는 일단 집으로 돌아가라고 한다. 아이는 '일단'이라는 말이 마음에 걸리지만, 일단은 진료실을 나온다. 의사가 아이 뒤통수에 무리한 운동을 하지 말라는 말도 덧붙인다. 밖에서 기다리던 브라더가 아이가 나오는 것을 보고 진료실에 들어가 의사에게 묻는다.

— 도대체 제 동생이 왜 이렇게 된 거죠?

의사는 조금 머뭇거리더니, 이렇게 대답한다.

— 최근에 스트레스도 많이 받고, 쉬지도 못하고, 계속 무리를 해서 그런 게 아닐까요?

대답을 해야 할 의사가 도리어 질문을 한다. 하지만 브라더는 의사의 말에 고개를 끄덕이며 진료실을 나온다. 진료실 앞에서 감독이 귀를 파며 아이를 기다리고 있다. 대기실

의자에 앉아 있던 시스터가 일어서며 아이에게 손짓한다. 표정이 밝다. 아이는 시스터에게 웃어준 뒤 감독을 보며 한마디 한다.

— 네, 1회 초 무사처럼 생각할게요. 걱정 마세요!

감독은 고개를 끄덕인다. 엄지도 척 올린다. 어색하다. 감독의 엄지를 보니, 다시 경기가 시작된 기분이다. 정말 1회 초 같다. 아이는 새 눈으로 아무것도 볼 수 없어 답답하다. 과한 소독약 때문에 살갗이 따갑다. 그래도 기분은 나쁘지 않다.

시원한 바람이 병원을 빠져나온 그들을 반긴다. 꽤 상쾌한 바람이다. 택시를 기다리기 괜찮은 날씨다. 아이는 주머니에 있던 오레오를 꺼내 뜯는다.

10. 사람들이 봤어요

다음 날 감독님은 선수들이 다 모인 자리에서 공식적으로 나의 부상을 알렸어요. 여기저기서 걱정의 목소리가 새어 나왔죠. 당장 주말 리그부터 출전이 불투명하다고 하자, 웅성거림은 커졌어요. 감독님은 그래도 '1회 초 무사'의 마음으로 뭉쳐 위기를 극복해보자고 했어요.

하지만 에이스를 잃은 선수단의 분위기는 무거웠어요. 에이스를 잃었다는 것은 승리의 확률이 낮아졌다는 것과 함께, 그 몫만큼 더 뛰어야 한다는 의미였으니까요. 동료 한 명이 부상 부위가 어디냐고 물었어요. 내가 붕대가 감긴 왼손 가운뎃손가락을 높이 들어 흔들자, 동료들이 웃었어요. 다행스럽게도 분위기가 살짝 풀린 것 같았어요. 하지만 그 분위기는 오래가지 못했죠.

감독님은 오전 연습을 마치고, 오후에는 구청에서 주관하는 우승 축하 행사에 가야 한다고 했어요. 꿀단지 아저씨가 말한 바로 그 행사였어요. 가고 싶은 마음이 전혀 없었지만 어쩔 수 없었죠.

동료들은 연습을 시작했고, 나는 야구장 구석에 쪼그리고 앉아서 구경을 시작했어요. 햇볕이 참 좋았어요. 비타민이 몸속에 차곡차곡 쌓이는 것 같은 느낌이 들었어요. 처음에는 함께 뛰지 못해 답답했지만, 나중에는 그저 보고만 있는 것도 꽤 괜찮다는 생각이 들었어요.

선수들이 땀을 흘리는 모습이 멋져 보였어요. 그렇게 앉아 있는 나를 보고 감독님이 심심하면 가볍게 러닝이라도 하라고 했어요. 나는 고개를 저으며 무리하지 말라던 의사의 말을 그대로 전달했죠. 화를 낼 줄 알았던 감독님은 조용히 고개를 끄덕였어요. 손가락 끝이 간질간질했어요. 새로 생긴 눈이 세상을 보고 싶어 하는 것 같았어요.

안과 의사는 분명히 새로 생긴 눈에 이상이 없다고 했는데.

시력도 1.5나 된다고 했는데.

약간의 건조증이 있지만, 정상 범주 안이라고 했는데.

외과 의사도 손가락 관절에 전혀 문제가 없다고 했는데.

피부에도, 조직에도 아무런 문제가 없다고 했는데.

아무런 이상이 없지만, 난 환자였어요. 부상자였어요. 분명히 전문의들이 아무런 이상이 없다고 했는데, 일단은 환자 취급을 받았어요. 부상 선수 취급을 받았어요. 믿을 수 없지만 의사들은 손가락 눈이 생긴 원인이 과로와 스트레스라고 했어요. 만병의 원인이 여기에도 등장하다니. 나는 왠지 아파야 할 것 같았어요. 적어도 아픈 척이라도 해야 할 것 같았어요.

점심을 먹고 나니, 운동장에 버스가 도착해 있었어요. 우리는 새 유니폼으로 갈아입고 차에 올랐어요. 학교에서 구청 강당까지는 멀지 않았지만, 선수단 전체가 버스에 타자 멀리 원정 경기라도 떠나는 기분이었어요. 대단한 경기가 펼쳐질 것 같았어요.

버스에서 감독님은 나에게 대표로 소감을 말해야 할 거라며, 떨지 말라고 했어요. 신문사 인터뷰가 있을지도 모른다고 했어요. 떨리지도, 긴장되지도 않았어요.

강당은 행사 규모에 비해 너무 컸어요. 입구에 화환 하나가 서 있는데, 너무 초라해 보였어요. 아주머니 몇 분이 와 계셨어요. 구청 직원들이 우리를 보고 아는 척을 했어요. 고맙다는 말도 들었어요.

　선수들은 전혀 긴장하지 않았어요. 몇몇은 행사 덕분에 오후 훈련을 안 하게 돼서 좋다고 했고, 몇몇은 일찌감치 자리를 잡고 꾸벅꾸벅 졸기 시작했어요. 감독님은 그걸 보고서도 아무 말도 안 했어요.

　구청장이 폼을 잡으며 등장하자, 사회자가 행사 시작을 알렸어요. 아주머니들은 손뼉을 쳤지만, 우리는 그냥 치는 척만 했죠. 꼬리에 꼬리를 무는 축사가 지루하게 이어졌고, 누가 주인공인지 헷갈릴 지경이었어요. 몇몇은 이미 코를 골고 있었어요. 영원할 것 같던 축사가 끝나자, 사회자는 선수단 전체를 무대로 불렀어요. 구청장은 대단히 가식적으로 웃으며 선수들과 악수를 했어요. 화환도 목에 걸어줬어요. 마침내 신입생 막내들까지 악수를 마쳤고, 다시 자리에 착석했어요. 다들 행사가 끝난 줄 알았는데, 사회자가 내 이름을 불렀어요.

　— 유아이 선수!

나는 무대로 올라가 어색한 자세로 마이크 앞에 섰어요. 객석으로 돌아간 동료들이 손뼉을 쳤어요. 붕대를 과하게 감은 손가락 끝이 몹시 간질거렸어요. 결승전에서 마지막 결정구를 던질 때처럼.

예상치 못한 손님이 보였어요. WILL이 객석에서 환하게 웃고 있었어요. WILL을 본 이상 나도 웃지 않을 수 없었어요. WILL이 가운뎃손가락을 흔들며 방실방실 웃고 있었거든요.

그때 강당 문이 열렸어요. 순식간에 사람들이 몰려들었어요. 기자들이 마이크를 든 채 뛰어들었고, 그중에는 카메라맨도 섞여 있었어요. 장내 분위기가 어수선해졌고, 객석에서 졸던 선수들까지 다 깨어났어요.

행사장이 뒤죽박죽이 되었어요. 사회자가 주위를 환기시켰고, 나는 마이크에 입을 갖다 댔어요. 헛기침을 한번 하고 감독, 브라더, 시스터, WILL에게 감사의 말을 전하려고 하는데, 백이 이야기를 할까 말까 고민하고 있는데, 객석에서 누군가가 손을 번쩍 들었어요. 대뜸 내게 질문을 하고 싶다고 했어요. 내가 어리둥절해하자, 그 틈에 기자는 질문을 해버렸어요.

— 유아이 선수, 왼손에 이상이 있다면서요?

날카로운 목소리였어요. 내가 우물쭈물하면서 대답을 못 하자, 기자는 더 큰 목소리로 물었어요. 가운뎃손가락까지 흔들면서 말이에요.

— 정말 가운뎃손가락에 눈이 생겼나요?

갑작스러운 질문에 내가 넋을 놓고 있자, 기자는 그 틈을 놓치지 않았어요. 가운뎃손가락에 감은 붕대를 한 번만 풀어줄 수 있느냐고 물었어요.

관객들이 모두 말똥말똥한 눈으로 나만 보고 있었어요. 아니, 내 가운뎃손가락을 보고 있었어요. 사회자도, 구청장도 나를 빤히 보고 있었어요. 그때 감독님이 무대로 뛰어 올라왔어요. 그리고 늘 그렇듯 괜안나? 아이든 아이다 말하라고 했어요. 나는 건성으로 고개를 끄덕거렸어요.

그때 내가 왜 그랬는지 모르겠어요.

정말이지 무엇에 홀린 듯 천천히 왼손 가운뎃손가락에 감겨 있던 붕대를 풀었어요. 하얀 붕대가 풀리면서 손가락이 드러났어요. 뭔가 비장한 분위기가 연출되었고, 긴장감도 흐르는 것 같았어요. 객석의 사람들도 숨죽이고 있었어요.

마지막 결정구를 던지는 심정으로 하나, 둘, 셋을 센 뒤 가운뎃손가락을 힘차게 내밀었어요. 세상을 향해 쭉 내밀었죠. 볼 테면 보라는 심정으로.

빡Fuck!

삽시간에 행사장이 조용해졌어요. 대부분의 사람들이 상황 파악을 못 했어요. 가운뎃손가락이 블랙홀처럼 행사장의 어수선함을 싹 빨아들인 것 같았어요. 무대에 앉아 있던 관계자들이 먼저 괴성을 질렀어요. 내 손가락 눈을 본 것 같았어요. 구청장에게 다가가 손가락을 보여주자 기절해버렸어요. 손가락을 객석 쪽으로 돌리자 고함과 비명이 터져 나왔어요. 누군가가 손가락에 진짜 눈이 달렸다고 소리를 질렀어요. 아주머니들이 소리를 질렀죠. 기자들은 단상으로 뛰어 올라왔어요. 전혀 놀란 기색도 없이 무언가를 적거나 사진을 찍었어요. 선수들은 좋아했어요. 환호성을 질렀어요. 몇몇은 다가와 핸드폰으로 사진을 찍었어요. 그렇게 행사장은 아수라장이 되어버렸어요.

그렇게 내 손가락에 생긴 눈이 만천하에 공개되었어요.

WILL이 객석에서 가운뎃손가락을 흔들며 웃었어요. 감독님의 표정도 그렇게 나쁘지는 않았던 것 같아요.

나도 우는 것보다는 낫다는 생각에서 살짝 웃었어요. 그렇게 웃으며 가운뎃손가락을 흔들자, 기자들이 더 맹렬히 사진을 찍었어요. 운다고 새로 생긴 눈이 사라지는 것도 아니고.

11. 복도의 끝

아이가 가운뎃손가락을 치켜든 채 웃는 모습이 포털 사이트 여기저기에 걸렸다. 아이는 침대에 누워 두 눈을 감은 채 남은 한 눈으로 자신의 기사를 보고 있다. 읽지는 않고 마냥 보고만 있다.

아이의 가운뎃손가락은 하룻밤 만에 세계에서 가장 유명한 손가락이 되어 전 세계를 떠돈다. 아이의 이름이 실시간 급상승 검색어가 되어 포털 사이트 상단에 쉬지 않고 노출된다. 인물 정보에서도 아이의 이름을 찾을 수 있다.

화제의 인물 및 야구 선수.

아이는 그렇게 정의되어 있다. 세상이 그렇게 정의하고

있다. 아이는 인물 정보에 노출된 혈액형을 보고 피식 웃는다. 성별이 없는 것을 보고 다시 피식 웃는다. 연관 검색어로 학교, 감독의 이름, 대학병원 이름이 나열된 것을 보고 다시 한번 피식 웃는다. WILL의 메시지를 보고 또 한번 피식 웃는다.

— 대박! 완전 도배네!

아이는 WILL에게 '덕분'이라고 답한다. 가운뎃손가락을 치켜든 스티커도 함께 보낸다.

아이가 거실로 나간다. 브라더와 시스터는 아침 식사 중이다. 시스터가 어서 앉으라고 한다. 평소와 다를 바 없는 목소리다. 브라더가 의자를 빼준다. 평소 같지 않은 다정함이다. 아이는 먼저 샤워를 하겠다고 말하고 욕실에 들어간다.

손가락 끝에 생긴 눈은 어제와 다르지 않다. 그러나 그 주변의 공기는 어제와는 또 다르다. 아이는 샤워를 마치고, 브라더 옆에 앉아 묵묵히 식사를 한다. 평소와 다를 바 없다. 계란찜도 그렇고, 오징어 젓갈도 그렇다. 시스터의 음식은 정갈하고 맛있다. 아이는 늘 그랬듯 든든하게 아침 식사를 한다. 식사를 마칠 무렵, 브라더가 학교까지 차로 데려다주겠다고 한다. 아이는 놀란 눈으로 묻는다.

— 왜?

브라더는 대답을 하지 않고, 대신 시스터가 그러는 편이
나을 것 같다고 말한다. 아이는 고개를 끄덕이며 마저 밥을
먹는다.

주차장을 빠져나가려는데, 누군가가 따라붙는다. 브라더
는 아마도 기자일 거라고 말한다. 기자는 열심히 뛰지만, 점
점 멀어진다. 사이드미러로 점점 작아지는 형상이 보인다.
애처롭다. 지하 주차장에서 나오자, 아파트 단지 안에 비슷
한 느낌의 사람들이 눈에 띈다. 아이는 그제야 깨닫는다. 브
라더가 학교까지 데려다주겠다고 한 까닭을.
차가 도로에 진입할 때, 아이가 묻는다.

— 이 손가락 끝에 생긴 눈을 뭐라고 부르는 줄 알아?

브라더는 우회전을 하며 대답한다.

— 핑거 아이Finger Eye라며. 뉴스에서 봤어.

아이가 멋쩍게 웃으며 도대체 영어로 명명한 이유를 모르겠다고 하자, 브라더가 노란 신호에 브레이크를 밟으며 대답한다. 아이는 속으로 브라더가 평소보다 다소 이른 타이밍에 멈췄다는 생각을 한다.

— 니 이름이 '아이'라서 그랬나 보네.

아이는 웃는다.
브라더도 웃는다.
아이는 브라더에게 괜찮으냐고 물으려다 만다. 시스터와는 어떤지 물으려다 만다. 브라더도 아이에게 아무것도 묻지 않는다. 그냥 신호를 잘 지키면서 학교로 향한다.
말없이, 음악도 없이 학교까지 간다.

교문 앞이 난리다.
수십 명의 기자들이 진을 치고 있다. 방송국 차량도 보인다. 교사들이 기자들과 실랑이하고 있다. 꿀단지 경비가 허둥지둥하는 모습도 보인다.

아이는 괜히 미안함을 느낀다. 미안함의 대상이 누구인지는 스스로도 모른다. 브라더는 교문을 통과해 운동장을 대각선으로 가로지른다. 아이는 묘한 전율을 느낀다. 건물 현관 앞에 차를 세운다. 아이가 내린다. 멀리서 경비가 아이를 보며 손을 흔든다. 기자 몇 명이 아이 쪽으로 뛴다. 아이는 일단 건물 안으로 들어간다. 브라더는 아이가 내리자 바로 차를 돌린다. 반대로 운동장을 가로질러 사라진다.

건물 안으로 들어온 아이는 어디로 가야 할지 감을 잡지 못한다.

교실로 가야 하나.

교무실로 가야 하나.

운동장으로 가야 하나.

그렇게 복도에서 서성이고 있는데, 담임이 아이를 부른다.

— 유아이!

담임과 마주 앉은 아이는 어색하다. 담임도 어색하다. 교사들이 두 사람 주변을 서성인다. 담임은 손가락에 대해 묻는다. 아이는 담담하게 가운뎃손가락을 보여준다. 그리고 손가락 끝에 생긴 눈을 두 번 깜빡인다. 담임도, 주변 교사들도 놀란다.

교무실 문이 열리고, 교장이 들어온다. 교감도 따라 들어온다. 아이는 망설이지 않고 모두에게 가운뎃손가락을 뻗어 보인다. 다들 어찌할 바를 모르겠다는 표정을 짓는 이 상황이 아이는 왠지 모르게 즐겁기까지 하다.

수업의 시작을 알리는 벨 소리와 함께 교사들이 교무실을 빠져나간다. 그 틈에 아이도 교무실 밖으로 나간다. 복도는 북새통이다. 아이의 이름을 외치는 학생들로 가득하다. 저마다 아이의 손가락을 보고 싶어서 난리다.

사랑한다는 말,
자랑스럽다는 말,
너무 보고 싶다는 말,
손가락을 흔들어달라는 말,
우리 학교의 자랑이라는 말까지.

아이는 그런 말들을 들으며 환히 웃는다. 사랑받을 일도, 자랑스러울 일도, 보고 싶을 일도 하지 않았는데. 손가락이야 흔들어줄 수 있지만. 그게 학교의 자랑도, 누구의 자랑도 될 수 없다는 것을 알면서도 아이는 학생들의 연호에 마음이 들뜬다. 얼마 전까지만 해도 야구팀의 에이스인 것조차 모르던 학생들도 있었는데.

아이는 가운뎃손가락을 높게 들고 세차게 좌우로 흔든다.

— 와!

함성이 터진다. 아이는 손가락 눈을 크게 깜빡인다. 바로 앞에서 보고 있던 몇몇이 좋아서 어쩔 줄 모르며 제자리에서 통통 뛴다. 기쁨의 환호를 하는 학생들도 있다. 사인을 해달라고 종이를 내미는 학생들이 부지기수다.

아이는 환히 웃는다. 가식적인 미소가 아닌 진짜 웃음이다. 학생들은 그 순간을 놓치지 않고 아이의 웃음을 핸드폰 카메라에 담는다. 셔터 소리가 요란하다. 학생들 틈바구니에서 같이 사진을 찍는 교사도 보인다.

복도 끝에서 거친 호통 소리가 들려온다. 아이에게는 익숙한 음성이다. 복도를 꽉 메우고 있던 학생들이 양옆으로 비켜선다. 학생들은 놀란 표정이지만, 아이는 여전히 웃고 있다. 그 사이에서 감독이 나타난다. 그제야 교사들은 학생들에게 교실로 들어가라고 소리친다.

　— 마, 그서 뭐 하노? 손구락 금테 둘랐나? 눈구녕이 그
달린 기 뭐시라꼬. 고마 따라와. 니는 니데 할 꺼 해야지.

　몇몇 학생들은 웃고, 몇몇 학생들은 무슨 말을 하는지 모
르겠다는 표정을 지으며 교실로 들어간다. 아이는 낮은 톤
으로 내뱉는다.

　— 다시 1회 초가 시작되었군.

12. 붕 뜨게 했어요

　인기라는 것은 생각보다 훨씬 좋았어요. 사람을 붕 뜨게 만들어줬어요. 먹지 않아도 든든한 기분이 들었어요. 달콤한 오레오를 고소한 우유와 함께 먹은 뒤에 느껴지는 기분 좋은 포만감 같다고나 할까요. 응원의 함성 같은 것을 들으면, 발걸음이 정말 가벼워졌어요. 둥실둥실 떠다니는 기분이었지요.

　인기는 용기의 원천이라는 생각도 들었어요. 가끔 스타들이 정신 나간 짓을 하는 이유도 이해가 되었어요. 인기가 넘쳐흐르면 충분히 그럴 수 있겠다는 생각이 들었어요. 내 편만 보이니까 무서울 게 없겠지요. 추종자들에게 둘러싸이면 그 밖의 사람들을 볼 수 없었어요. 그래서 다른 얘기는 들리지 않았어요. 추종자들이 영원히 나를 지켜줄 것 같았어요.

그 사람들은 내가 하는 모든 일을 다 이해해줄 것만 같았어요. 물론 아니었지만.

소위 한물간 스타들의 마음도 이해가 되었어요. 그런 사람들 있잖아요. 내가 왕년에, 라고 말하면서 꼴 보기 싫은 행동을 하는 사람들. 인기는 죽고 용기만 남으면 그렇게 될 수도 있겠다는 생각이 들었어요.

인기 절정의 순간에 커밍아웃을 하는 스타들의 심리도 알 것 같았어요. 나를 항상 온전히 지지하는 사람들이 있을 거라는 믿음 때문이겠죠.

인기는 용기를 만들고, 용기는 삶의 변화를 만들어요.

복도의 인산인해를 보고, 학교 앞에서 나를 기다리는 사람들을 보고 용기가 생겼어요.

감독님이 야구를 계속할 생각이 있느냐고 물었어요. 나는 대답 대신 씩 웃었어요. 감독님의 표정이 영 좋지 않았어요. 내가 당장은 힘들지 않겠냐고 물었더니, 감독님은 그렇다고 복도에서 사인회나 하고 있으면 되겠느냐고 되물었어요. 나는 웃기만 했어요. 감독님의 표정이 일그러졌지만 계속 웃었어요. 용기가 생긴 거죠.

감독님이 팀 분위기 망치지 말고 조용히 연습이나 지켜보라고 했어요.

난 피곤하다고 했어요.
집에 가고 싶다고 했어요.

감독님은 어이가 없다는 표정으로 나를 빤히 봤어요. 나는 집에 가고 싶다는 말을 집에 좀 가봐야 할 것 같다고 정정했어요. 감독님은 정색하며 한 것도 없으면서 뭘 쉬느냐고 했어요. 나는 대답 대신 웃었어요. 감독님이 노골적으로 가지 말라고 소리까지 질렀지만, 그 말을 무시했어요.

정말 용기 있는 선수만 할 수 있는 행동이었죠. 내가 걸음을 옮기자 감독님은 멈칫하더니 가만히 있었어요. 붙잡을 용기가 없었던 거죠. 나는 걸으면서 씩 웃었어요.

교문 앞에는 여전히 기자들이 많았어요. 동네 주민으로 보이는 사람들도 섞여 있었죠. 촬영을 위해 포즈를 취해달라는 사람도 있었고, 인터뷰를 제안하는 사람도 있었어요.

나는 사람들을 향해 다시 한번 힘차게 가운뎃손가락을 내밀었어요. 그리고 최대한 정중하게 말했어요.

좀 쉬고 싶다고요.

집에 가서 몸과 마음과 생각을 추스르고 싶다고요.

어떤 연유에서 그런 말을 했는지 스스로도 알 수 없었지
만, 나는 비교적 담담하게 말했어요. 그러자 정말 그러고 싶
어졌어요. 기자들은 열심히 내 말을 받아 적었어요. 그 모습
을 지켜보면서, 생각을 정리한 뒤 곧 정식으로 인터뷰를 하
겠다고 말했어요. 내 말이 끝나자 동네 사람들이 손뼉을 쳤
어요. 박수의 의미를 전혀 알 수 없었지만, 기분은 좋았어
요. 곧 기자들이 하나둘 사라졌어요. 동네 사람들도 사라졌
어요. 솔직히 그건 조금 섭섭했어요. 누군가는, 적어도 한두
명 정도는 집요하게 따라붙을 줄 알았는데, 남아 있길 바랐
는데 모두 갔어요.

초인종을 누르자, 시스터가 나왔어요. 일찍 귀가한 나를
보고 살짝 놀란 표정이었어요. 무언가를 묻고 싶은 얼굴이
었죠. 나는 학교에 기자들이 너무 많이 찾아와서 운동을 할
수 없었다고 말했어요. 그래서 어쩔 수 없이 일찍 귀가했다
고요. 그러자 시스터는 잘했다고 했어요. 하지만 여전히 근
심 가득한 눈빛이어서 조금 찔렸어요. 아무래도 시스터에게

142

거짓말을 하는 일은 불편했죠. 그래도 최대한 가식을 섞어 걱정하지 말라고 한 뒤 방에 들어갔어요. 시스터는 알았다고 하며, 서재에서 일을 계속할 테니 필요한 게 있으면 말하라고 했어요.

일찍 오긴 했지만, 막상 할 일은 없었어요. 하고 싶은 것도, 할 것도 없었어요. 쉬고 싶다고 했지만, 쉬는 게 뭔지 잘 모르겠더라고요.

그래서 다시 내 인기를 확인했어요.
기사를 읽었어요.
이름 검색, 별명 검색을 했어요.

수십 개의 기사가 떴지만, 내용은 거의 비슷했어요. 손가락에 눈이 생긴 야구 선수가 등장했는데, 알고 보니 특별한 사연을 가진 선수였고, 최근에는 최우수 선수에 우승까지 했다는 내용이었어요. 구체적으로 '핑거 아이'라고 언급하면서 내 증상을 설명하려는 기사도 있었어요. 의학적으로 접근하는 기사도 있었죠. 내 손가락 눈을 두고 '세계 최초다, 아니다' 갑론을박이 벌어지기도 했어요.

가장 흥미로운 기사는 유명인들의 반응을 수집한 것이었어요. 핑거 아이를 갖고 싶다는 예능인도 있었고, 그런 특별한 눈이 있으면 연기할 때 도움이 될 것 같다는 중년 배우도 있었어요. 백이가 준 노래를 부른 가수 겸 배우인 소녀는 내가 가운뎃손가락을 수줍게 내밀 때 짓는 표정이 아주 귀엽다고 했어요. 그 표정을 닮고 싶다고까지 했어요. 거울을 보고 몇 번이나 웃어보았지만, 그렇게 귀여운 것 같지는 않았어요. 한 스타 피디는 나를 방송에 섭외하고 싶다고 했어요. 마음껏 상상하라! 무엇을 상상하든, 그 이상을 만날 것이다! 곧 시작될 새 프로그램의 콘셉트에 딱 맞는 사람이 바로 나라고 했어요.

천장을 보며, 방송 출연에 대해 생각했어요. 브라더가 가수 겸 배우인 소녀의 인터뷰 기사를 가위로 잘라 오려 스크랩하는 모습을 상상하니 자꾸 실소가 터져 나왔어요.

기사를 몽땅 읽었는데도 아직 오전 나절이었어요. 시스터와 소소하게 수다라도 떨고 싶었지만, 그럴 수 없었어요. 시스터는 그즈음 늘 진지하고 바빠 보였거든요. 결국 새로 뜬 기사를 다 읽고, 기사 밑에 달린 댓글들을 읽기 시작했어요. 기사의 진지한 논조와는 달리 댓글에는 조롱이 많았어요. 네가 손에 눈이 달렸으면, 나는 눈에 손이 달렸다고 쓴 댓글이 기억에 남았어요. 눈에 달린 손가락을 상상하고 나니 기분이 메스꺼웠어요. 맞아요, 어떤 사람들은 믿지 않았어요. 기자의 말도, 기사에 붙은 사진도. 그래서 내 손가락에 생긴 눈도 믿지 않았어요. 초등학교 시절, 내가 처음으로 노히트 노런no hit no run[16]을 했을 때 네가 무슨 노히트 노런이냐며 아무도 믿지 않았던 것처럼 내게 생긴 눈을 믿지 않았어요. 억울하고 답답했어요. 눈과 상관없이 야구는 내가 할 운동이 아니라며 그만두라는 사람들도 있었어요. 그런 반응에는 익숙해질 대로 익숙해져서 신경 쓰이지 않았어요. 야구든, 축구든 하고 싶은 사람이 하는 것이니까요.

저녁을 먹으며 브라더와 눈에 관한 이야기를 나눴어요. 브라더는 당분간 사람들이 관심을 가질 테니 각오하라고 했어요. 어떤 각오가 필요한지 몰랐지만, 그냥 알았다고 했어요. 브라더에게 가수 겸 배우인 소녀의 인터뷰 기사도 스크랩했느냐고 물으려다 말았어요. 그 모습을 상상하니 자꾸 실소가 터져 나왔어요.

그날 저녁 뉴스의 한 꼭지로 내 이야기가 나왔어요. 우리

---

16 한 경기를 다 던지고도 실점을 하지 않고 안타도 맞지 않은 채 이긴 기록.

학교 건물도 나오고, 담임선생님 인터뷰도 이어졌어요. 선생님은 내가 대단히 뛰어난 선수이자 학생이라고 했어요. 나는 피식 웃었어요. 우리 학교의 학생들은 나를 새로운 슈퍼 히어로라고 했어요. 나한테 무슨 능력이 있는지 떠올려 봤지만, 그런 것이 있을 리가 없었어요. 일반인들의 반응도 있었어요. 멋지다는 사람들이 꽤 많았어요. 고교 최고의 투수인 것 자체로도 놀라운데 손에 눈이라니, 신기하다. 멋지다. 다른 데도 아니고 가운뎃손가락에 눈이라니, 놀랍다. 멋지다. 자세히 보면 외모도 꽤 괜찮은 거 같다. 당당해 보인다. 멋지다. 다양한 관점으로 나를 멋지다고 치켜세웠어요. 심지어 내 목소리가 좋다는 사람도 있었어요.

전화벨이 울렸어요.

백이였어요. 믿을 수 없었지만, 분명히 백이의 전화였어요. 믿을 수 없었지만, 전화벨이 울리는 것과 동시에 백이라는 것을 직감했어요.

백이는 텔레비전에서 나를 봤다고 했어요. 괜찮으냐고 물었어요. 평소처럼 차분한 말투였지만, 더 다정했어요. 걱정하는 마음이 고스란히 전해졌어요.

나는 백이에게 그날의 일을 줄줄 늘어놓았어요. 백이는

가끔 웃으면서 내 말에 귀 기울였어요. 한 번씩 놀란 목소리로 정말이냐고 되묻기도 했어요. 연인처럼 긴 통화를 하고 작별 인사를 할 무렵, 백이가 물었어요.

만나줄 수 있느냐고.

백이가 분명 내게 만나줄 수 있느냐고 물었어요. 나는 귀를 의심했어요. 감독님처럼 마구 후빈 후 다시 물었어요.

— 뭐라고?

백이는 차분한 목소리로 하고 싶은 말이 있으니 만나달라고 했어요. 정중한 부탁이었어요. 다시 한번 덧붙였어요. 하고 싶은 말이 있으니 꼭 만나달라고. 이번에는 '꼭'이 들어가 있었어요. 내가 도저히 거절할 수 없을 만큼 정중한 톤으로 간절함을 담아 말했어요. 꼭 만나줄 수 있느냐고.

우리는 시간과 장소를 정하고 잘 자라는 말을 주고받은 뒤 전화를 끊었어요. 별일 아닌 것처럼 약속을 잡고 작별 인사를 했지만, 심장이 마구 뛰었어요. 손가락 눈을 다정하게 쓰다듬었어요. 눈 덕분이라는 생각이 들었어요. 어쩌면 인기 때문인지도 모르죠. 하지만 이유 따위는 중요하지 않다는 결론에 다다랐어요. 백이가 준 노래를 들으며 침대에 누웠어요. 가사는 좀 슬프지만 멜로디가 감미로운 곡을 들으며 백이를 생각했어요. 언젠가는 백이와 함께 이 노래를 들을 수 있을 것이라 상상하면서.

그런데,

그때, 다시 전화벨이 울렸어요.

백이일 거라고 생각하고 바로 받았는데, 아니었어요. 백이가 아니었어요.

방송국이라고 했어요.

인기라는 것은 생각보다 훨씬 좋았어요.

사람을 붕 뜨게 만들어줬어요.

붕.

13. 기막힌 자들의 도시

아이는 대기실에 앉아 운동을 하다가 유명해진 방송인들을 떠올린다. 레슬링을 하다가 올림픽을 계기로 방송을 탄 젊은 예능인, 컬링curling을 하다가 가요계로 진출한 싱어송라이터, 게이트볼gate ball 리그에서 픽업되어 유명해진 노년의 훈남 사회자……. 그리고 다짐한다.

마운드와 다를 바 없다.
경기와 다를 바 없다.
내 뒤에는 나를 돕는 야수들이 있고, 나는 그저 평소 던지던 대로 던지면 된다.

내 뒤에는 나를 돕는 스태프들이 있고, 나는 그저 평소 말하던 대로 말하면 된다. 평소에 말하던 대로. 더군다나 우리 팀에는 최고의 테이블 세터table setter[17]와 최고의 4번 타자가 있다. 예능 최고의 테이블 세터인 '디자이너&엔터테이너'와 방송계의 독보적인 4번 타자인 '최고의 엠시'.

그런데 도무지 그 '평소'의 감각이 떠오르지 않는다. 분명히 1회 초 무사인데, 9회 말 만루에 마운드에 올라온 느낌이다. 아이는 감독을 생각한다.

— 마, 괜안나? 아이믄 아이다 말해라.

정말 아니면 누구에게 말해야 하나 고민하던 아이는 녹화 시간이 다 되어 스튜디오로 자리를 옮긴다.

어깨 대신 얼굴에 묵직함이 느껴진다. 평소와 사뭇 다른 헤어스타일, 난생처음 해본 메이크업 그리고 뭔가 진지하면서도 어수선한, 정갈하지 못한 방송국 분위기가 낯설다. 얼굴이 묵직하다.

스튜디오로 가는 복도에서 함께 출연할 디자이너&엔터

---

17 식사 전에 식탁을 차리는 것처럼 1, 2번 타자가 출루하여 득점 찬스를 만들어놓는 것을 상차림에 비유하여 만들어진 용어.

테이너를 만난다. 디자이너&엔터테이너는 안면이 있던 사람처럼 환하게 웃으며 반갑게 인사한다. 자신을 '디앤엔'으로 불러달라고 한다. 아이는 속으로 '디앤엔'이라고 몇 번 읊조려보지만 어색하다. 하지만 주변에서는 그를 아주 당연하게 디앤엔이라고 부른다. 디앤엔은 갑자기 점퍼의 지퍼를 내려 안에 입은 티셔츠를 아이에게 보여준다.

방송에서는 쉴 새 없이 떠들고 목소리도 몹시 컸지만, 실제로 만난 디앤엔은 사뭇 다르다. 목소리는 중후하고, 어투에 신뢰가 간다. 얼굴을 보지 않고 들으면 중년 성우의 목소리 같다. 아니, 그 이상이다.

그가 보여준 핑크색 티셔츠에는 아이의 웃는 모습이 그려져 있다. 하얀 야구복을 입은 채 가운뎃손가락을 치켜들고 있다. 아이는 그 캐리커처가 마음에 든다. 마음에 쏙 든다. 특히 초롱초롱 빛나는 손가락 눈이 마음에 쏙 든다. 티셔츠 하단에 'UI'라고 적힌 로고도 마음에 든다. 디앤엔이 묻는다.

— 마음에 드니? 오늘 방송 기념으로 뚝딱 만들어본 건데.

아이는 고개를 끄덕인다. 그리고 긍정의 미소를 보낸다. 감각이 뛰어난 디앤엔은 패션 분야에서도 명망이 높다. 아이는 뿌듯하다. 패션의 아이콘이라도 된 느낌이다.

디앤엔은 이 펑거 아이 티셔츠를 자신보다는 아이가 입는 게 더 좋을 것 같다고 제안한다. 아이가 우물쭈물하자, 제작진이 그게 좋겠다며 디앤엔을 거든다.

핑크색 펑거 아이 티셔츠를 입은 아이가 멋쩍게 웃자, 디앤엔은 엄지를 척 올리며 잘 어울린다고 칭찬한다. 아이는 어색한 웃음으로 대답을 대신한다.

스튜디오는 아이가 생각했던 것보다 눈부시다. 그리고 생각했던 것보다 훨씬 많은 사람들이 분주하게 움직인다.

'최고의 엠시'가 다가와 아이에게 인사를 한다. 최고의 미소 앞에서 아이는 어찌할 바를 모른다. 자신이 텔레비전 안에 들어와 있는 기분이다. 어색하면서도 우쭐해진다. 최고의 엠시는 아이의 가운뎃손가락을 언급하며 악수를 해도 괜찮을지 묻는다. 아이는 악수를 오른손으로 하면 된다고 대답한다. 최고의 엠시가 몰랐다며 멋쩍어한다. 아이는 괜히 미안해져서 손가락 눈을 살짝 보여준다. 최고의 엠시가 미소를 짓는다. 별로 놀라지 않는 눈치다. 표정에 전혀 놀란 기색이나 어색함이 없다. 순도 100퍼센트의 진짜 웃음이다.

최고의 엠시는 바로 시작하자며, 무대 중앙으로 간다. 그리고 아이를 소개한다. 아이는 갑작스러운 전개에 당황하지만, 조연출의 가이드대로 움직인다. 아이답게, 하지만 예의 바르게 자신을 소개한다.

최고의 엠시가 환하게 웃는다.

— 방송의 포인트를 아시네! 잘하셨어요. 진짜 녹화 때도 그렇게 하시면 돼요. 말씀도 잘하시고, 운동선수라 건강미가 넘치고, 소문대로 외모도 뛰어나신데요. 오늘 핑크색 티셔츠도 너무 잘 어울리시네요. 목소리도 좋고. 오늘 방송 대박 나겠는데요.

아이는 진짜 녹화가 아니었다는 말에 놀란다. 하지만 거듭되는 칭찬에 기분이 풀린다. 피디가 다시 분위기를 다잡고, 진짜 녹화가 시작된다. 최고의 엠시는 더 자연스럽게 프로그램을 진행한다.

— 마음껏 상상하라! 무엇을 상상하든, 그 이상을 만날 것이다! 안녕하세요? 〈기막힌 자들의 도시〉의 시장, 최고의 엠시입니다. 오늘도 제 옆에는 기자도의 양념, 홍보 수석 디앤엔 씨 나오셨습니다. 안녕하세요?

최고의 엠시는 디앤엔과 오프닝 멘트를 나눈 뒤, 아이를 소개한다.

첫 등판이다. 1회 초 무사.

최고의 엠시는 스스로를 〈기막힌 자들의 도시〉의 '시장'이라고 칭하고, 아이는 이 도시의 '시민'이라고 부른다. 시장은 시민에게 다양한 요구를 한다. 눈의 기능을 확인하고, 시력도 측정하고, 손가락의 상태도 점검한다. 병원에서 받은 검사들과 비슷하다. 하지만 주변 사람들의 반응이 확연하게 다르다. 아이는 신이 난다.

최고의 엠시는 아이가 '기막힌 자'가 된 건 그저 손가락 눈 때문만은 아니라고 한다. 그랬다면 부르지도 않았을 것이라고. 그리고 준비된 영상을 보여준다. '투수 유아이'의 모습이다. 역동적인 키킹, 예리한 구질, 삼진을 잡은 후 쿨하게 돌아서는 표정, 우승 때 환호하는 장면 등이 멋지게 편집되어 공개된다. 아이도 본 적이 없는 영상이다. 정말 선수답다. 아이는 더욱 신이 난다. 최우수 선수가 되기까지 겪었던 구구절절한 어려움도 소개한다.

최고의 엠시는 아이를 '대한민국 야구의 미래이자 세계

야구사에 기록될 떡잎'이라고 지칭한다. 디앤엔도 야구팬의 입장에서 보석 같은 존재가 아닐 수 없다고 거든다. 미래니, 역사니, 보석이니…… 진부하지만 사람의 마음을 흔들어놓기에 충분한 표현이 이어진다. 아이는 시종일관 미소를 머금고 있다. 카메라가 그 미소를 더욱 아름답게 담는다.

아이가 얼마나 기막힌 사람인지 보여주는 데 집중한 1부가 끝났다.

스스럼없이 녹화에 적응한 아이의 모습에 최고의 엠시도 디앤엔도 놀란다. 사실 아이 스스로도 놀란다.

이어질 2부는 기막힌 사람의 진솔한 이야기를 듣는 시간이다. 스태프들이 분주하게 움직인다. 최고의 엠시와 디앤엔은 아이에게 격려의 말을 몇 마디 건네고 잠시 자리를 비운다.

조연출이 다가와 아이에게 긴장을 풀고 1부처럼만 하면 된다고 말한다. 너무 잘했다며 과하게 칭찬한다. 2부도 대본대로 진행될 예정이니 걱정하지 말라고 한다. 아이는 걱정하지 않는다. 1회 초 무사 상황에서는 별로 잃을 게 없다고 생각한다.

조연출이 2부에는 '기막힌 손님'이라는 코너 속 코너가 있는데, 그때 게스트 한 명이 등장할 거라고 덧붙인다. 손님에 따라 분위기가 바뀔 순 있지만, 아이 중심으로 진행될 테니 걱정하지 말라고 한다.

조연출이 자꾸 걱정하지 말라고 신신당부하자 아이는 조금 이상하다고 느낀다. 누가 손님으로 등장할지 그저 궁금할 따름이다. 부디 투수 유아이의 성공을 못마땅하게 생각하는 보수적인 원로 야구 선수만 아니길.

2부 녹화가 시작되고, 최고의 엠시와 디앤엔은 대본에 있는 질문을 대본보다 훨씬 맛깔나게 만들어 아이에게 묻는다. 아이의 허술한 대답은 잘 포장해 소개한다. 아이는 점점 자신이 대단한 사람 같다는 착각에 빠진다. 최고의 엠시와 디앤엔이 만들어낸 환상에 빠진 것이다.

스튜디오 분위기가 화기애애하다. 출연자들의 표정, 스태프들의 표정에서 만족감이 고스란히 느껴진다. 최고의 엠시가 아이에게 '혹시' 친구들은 많냐고 묻는다. 대본에 없는 질문이다. 아이는 당황하지 않고, '역시' 많진 않다고 대답한다. 그다지 대단하지 않은 라임에 디앤엔이 과하게 웃는다. 그리고 한마디 거든다.

— 그럼 여기서 친구 한 명 사귀어보세요.

아이는 그 말이 대본에 있는 것인지, 즉흥적으로 만들어
낸 애드리브인지 구분하지 못한다. 아무 말도 못 하고 조연
출을 바라본다. 3번 카메라가 그 순간을 놓치지 않고 아이의
얼굴을 클로즈업한다. 당황한 표정이 화면에 귀엽게 잡힌다.
아이가 손가락 눈을 깜빡이는 순간을 4번 카메라가 잡아낸
다. 피디가 오케이 사인을 한다.

타이밍을 놓치지 않고 디앤엔이 특유의 높은 톤으로 외친
다.

— 그럼, 아이 선수의 새로운 친구, 컴 온!

디앤엔의 명랑한 외침에 최고의 엠시가 놀란 표정을 지으
며 돌아본다. 과한 액션이 끝나기 무섭게, 스튜디오가 갑자
기 어두워진다. 경쾌한 음악이 흐르면서 불이 다시 켜지고
누군가 스튜디오에 등장한다.

가수 겸 배우인 소녀다.

요즘 가장 핫하다는 소녀가 조명 아래서 수줍게 웃고 있
다. 아이는 세 눈을 모두 부릅뜨고 소녀를 본다. 분명히 아

이가 알고 있던 바로 그 가수 겸 배우인 소녀가 맞다. 믿을
수 없을 정도로 고운 모습이다. 아이는 꼼짝도 할 수 없다.

　백이를 볼 때마다 느꼈던 그 깨끗함이 소녀에게서 느껴진
다.

　코.
　특히, 코가 예쁘다.

　최고의 엠시가 소녀를 브라운관의 요정이라고 소개한다.
디앤엔은 그러면 가요계가 섭섭해할 거라면서 가요계 최고
의 라이징 스타라고 소개한다. 최고의 엠시가 아이에게 소
녀를 아느냐고 묻는다. 아이가 정신없이 고개를 끄덕이자,
디앤엔이 그럼 인증을 하라고 한다. 아이는 요즘 매일 듣는
노래가 가수 겸 배우인 소녀의 노래라고 답한다. 그러자 디
앤엔이 바로 불러보라고 한다. 아이는 어쩔 줄 몰라 하며 피
디를 바라본다. 피디가 손동작으로 조금만 불러보라고 한
다. 아이가 조심스럽게 입을 뗀다.

　　생각지도 못했던 허전함을 느끼네.
　　내 안에 숨겨둔 마음을 너는 알고 있을까?

누군가를 생각해.

함께 있는 너에게 내 안에 숨겨둔 마음을 보여줄 순 없겠
지.

　아이는 원곡보다는 낮은 음으로 읊조리듯 노래를 부른다.
가수 겸 배우인 소녀가 환하게 웃는다. 웃으면서 자연스럽
게 화음을 넣는다. 보기도 듣기도 좋은 장면이 연출된다. 최
고의 엠시는 흐뭇한 미소를 짓고, 디앤엔은 감탄하는 표정
을 짓는다. 노래를 마친 아이도 흐뭇해한다. 가수 겸 배우인
소녀는 아이의 목소리에 중성적인 매력이 있다고 칭찬한다.
　디앤엔은 최근 아이에 대한 가수 겸 배우인 소녀의 언급
이 온라인상에서 큰 화제가 되었다고 말한다. 가운뎃손가락
을 수줍게 내밀 때 짓는 표정이 아주 귀엽다던 바로 그 말.
아이는 정확히 기억하고 있다. 가수 겸 배우인 소녀가 아이
를 바라본다. 아이는 다리를 떨며 발로 바닥을 통통 친다.
아이의 긴장한 표정이 처음으로 카메라에 잡힌다. 아이의
얼굴이 빨개진다. 가수 겸 배우인 소녀의 얼굴에도 홍조가
깃든다. 디앤엔이 어색하면 악수라도 하라고 권한다. 가수
겸 배우인 소녀가 손을 내민다. 아이는 그 손이 너무 부드러
워 놀란다. 녹아내릴 것 같다.

오른손으로는 소녀의 손을 잡은 채, 아이는 수줍게 왼손 가운뎃손가락을 들어 눈을 보여준다. 그리고 수줍게 웃는다. 가수 겸 배우인 소녀가 환히 웃는다. 카메라는 둘의 다정함을 포착한다.

기막힌 자와 기막힌 손님 사이에 화기애애한 분위기가 연출된다. 스튜디오에 훈훈한 분위기가 감돈다.

아이는 포근함을 느낀다. 가수 겸 배우인 소녀도 나쁘지 않은 표정이다.

프로그램 말미에 최고의 엠시가 가수 겸 배우인 소녀에게 앞으로 어떤 곡을 쓰고 싶은지 묻는다. 소녀는 가장 보통의 존재에 대해 써보고 싶다고 답한다. 결코 특별하지 않은 존재와 그 감정에 대해, 그래서 어쩌면 더 의미 있을지도 모르지만 그렇게 잊혀가는 사람들에 대한 음악을 만들 수 있으면 좋겠다고 한다.

— 다들 그런 느낌이 들 때가 있지 않나요? 나는 그냥 평범한 신분으로 이 세상에 왔는데, 그래서 보통의 존재로 살면서 여기저기 다니고, 그러다 만난 사람들이 있는데, 돌아보니 그런 사람들이 나도 모르는 사이에 내게 힘이 되었던

기억이요. 허무한 별빛 같다고 생각했는데, 알고 보니 잊을 수 없는 소중한 빛이었던 경험.

최고의 엠시가 말을 이으려고 하는데, 아이가 끼어든다. 돌발 상황이다. 피디는 그냥 두라고 신호를 보낸다.

― 보통의 존재를 위한 노래라니, 정말 좋네요. 어디서나 흔하게 볼 수 있고, 누군가의 기억 속에도 남겨질 수 없다고 느껴질 때, 너무 흔한 존재라서 별로 쓸모는 없다고 느껴질 때 들을 수 있는 음악이었으면 정말 좋겠네요.

가수 겸 배우인 소녀가 고개를 끄덕인다. 그리고 이어서 덧붙인다.

― 맞아요. 그런 존재들을 위한 무언가를 만들어보고 싶어요. 꼭 희망을 말하지 않아도 그런 존재들을 '위한' 노래를 한 번쯤 만들어보고 싶네요.

피디가 오케이 사인을 보낸다. 최고의 엠시가 흐뭇한 미소를 지으며, 철이 들고 안 들고는 나이와는 상관이 없는 것 같다고 말한다. 생각의 깊이는 세월의 깊이와 정비례하는 것 같지 않다고도 한다. 벌써부터 가수 겸 배우인 소녀의 신곡이 기대된다는 말도 잊지 않는다. 피디의 얼굴에 만족스러운 미소가 비친다.

디앤엔은 이렇게 말이 잘 통하니 두 사람이 앞으로 좋은 친구로 지내라고 권한다. 아이도, 가수 겸 배우인 소녀도 수줍게 웃는다. 두 미소가 곱다. 두 사람은 앞으로 좋은 친구가 되겠다고 다짐하며 손가락을 건다. 최고의 엠시가 새끼손가락 대신 가운뎃손가락을 걸고 약속하면 어떻겠냐고 제안한다. 가운뎃손가락을 마주 건 느낌이 영 어색하지만 각별하기도 하다. 손가락을 건 채 둘은 함께 웃는다. 수줍어하는 모습이 카메라에 예쁘게 잡힌다. 무엇보다도 진실하게 잡힌다.

— 유아이 선수는 펭거 아이를 가지고 있지만, 보신 것과 같이 순수한 젊은이입니다. 마음이 여리고, 처음 보는 사람들 앞에서 수줍어하지만, 자기가 하고자 하는 일이 뚜렷한 사람입니다. 어린 시절부터 주변의 반대에도 노력을 멈추지 않았던 사람입니다. 그래서 지금 자기가 하고 싶은 말을 더욱 제대로 표현할 줄 아는 젊은이가 된 것일지도 모릅니다.

자신이 다른 사람들과 다르다는 것을 세상에 알리는 것은 절대 쉬운 일이 아닙니다. 특히 방송에 나와 알리는 데는 어마어마한 용기가 필요합니다. 그 어마어마한 용기를 내주신 유아이 선수에게 다시 한번 감사를 드립니다. 그리고 오늘 스튜디오를 찾아주신 가수 겸 배우인 소녀에게도 감사드립니다. '기막힌 자들'은 절대 이상한 자들이 아닙니다. 그저 조금 다른 사람들입니다. 그들의 눈으로 보면 평범한 우리가 기막힌 자들일지도 모릅니다. 여러분, 주변에 기막힌 자들이 있다면 이상하게 보지 말고 일단 다가가세요. 다가가서 손을 내미세요. 그리고 저희에게 제보해주세요. 저희가 그들을 초대하겠습니다. 세상은 넓고, 기막힌 자들은 많다! 마음껏 상상하라! 무엇을 상상하든, 그 이상을 만날 것이다! 다음 주에 더 멋진 기막힌 자들과 함께 찾아뵙겠습니다. 지금까지 최고의 엠시였습니다. 고맙습니다.

최고의 클로징 멘트가 끝나자, 조명이 꺼지고 가수 겸 배우인 소녀가 기타를 들고 무대 중앙으로 나온다. 최고의 엠시와 디앤엔이 흐뭇하게 웃으며 손뼉을 치는 모습을 배경으로 가수 겸 배우인 소녀가 노래를 시작한다.

난 너에게 하고픈 말이 있어. 왜 그렇게 아픈 미소를 지어 보였니.

난 사랑을 믿을 수 없지. 왜 시간을 이기지 못하는가 물었어.

난 세상이 거짓이라 했지. 왜 하늘이 이토록 푸른지를 물으며

왜 인생이 슬프다고 하니. 그건 별들이 사라지는 것을 알기에

난 너에게 넌 나에게

나 너에게 하고픈 말이 있어. 어디에서 있든지 따뜻한 미소로만 지내길.[18]

감미로움을 기대했는데 경쾌하다. 곱씹어보면 슬픈 가사지만 종국에는 듣는 사람이 정말 따뜻한 미소로 지내길 바라는 애틋함이 느껴진다. 매일 밤 듣던 곡과는 느낌이 다르다. 하지만 같기도 하다.

눈앞에서 직접 듣는 소녀의 목소리는 특별히 빛난다. 아

---

18 꿈의 팝송 (언니네 이발관)

이는 노래를 들으며 백이를 떠올린다. 기분이 사뭇 묘하다. 백이가 건넨 음원과 가수 겸 배우인 소녀가 부르고 있는 곡이 같은 뮤지션이 만든 음악 같지가 않다. 뭔지 모르겠지만 같은 사람이 만든 노래인데, 두 노래 사이에 좁혀질 수 없는 거리감이 있는 듯하다. 하지만 둘은 등을 돌리고 있지 않다. 다른 행성 같지만 모두 한 우주 안에서 공존하고 있음이 느껴진다. 다르지만 하나라는 울림이 전해진다. 다르지만 같기도 하다.

신기하게도.
신비롭게도.

녹화를 마치고 아이는 스튜디오 안 모두에게 거듭거듭 고개를 숙인다. 스태프들과 사진도 찍는다. 최고의 엠시는 앞으로도 계속 방송을 하면 좋겠다며 거듭 칭찬한다. 디앤엔은 핑거 아이를 모티프로 굿즈를 더 만들어보고 싶다며 호들갑을 떤다. 아이는 쑥스러운 듯 웃기만 한다.

피디와 조연출의 격려와 칭찬도 이어진다. 역시 아이는 말없이 뒷머리만 긁적거린다. 말 대신 가운뎃손가락으로 눈웃음을 짓는다. 마지막으로 가수 겸 배우인 소녀와 인증 사진을 찍는다. 옆에 서니 소녀가 불렀던 노래의 여운이 온몸을 휘감는 것처럼 떨린다. 소녀의 목소리가 여전히 몸에 붙어 있는 느낌이다.

소녀가 쪽지 하나를 건넨다.
아이는 열어보지 않고도 그 안에 소녀의 전화번호가 있다는 사실을 눈치챘다. 아이는 소녀의 자그마한 코를 떠올리며 웃는다. 종이에 받은 전화번호를 보며 웃는다. 아주 행복하게 웃는다.

14. 시스터도 닭발을 사 왔어요

    방송의 힘은 실로 어마어마했어요. 최고의 엠시의 영향력이 어마어마했다고 하는 것이 옳을지도 모르겠어요. 디앤엔도 한몫을 했겠지요. 무엇보다도 방송 후 가수 겸 배우인 소녀가 부른 경쾌한 노래가 국민적 반향을 일으키면서 그 어마어마함이 더 커졌어요.

    그 곡은 기성세대와 젊은 세대가 함께 좋아하는 곡이 되었고 '물었어', '알기에'라는 후렴을 어린아이들까지 흥얼거릴 정도로 널리 불리며 전 국민의 애창곡이 되었어요. 방송에서는 가수 겸 배우인 소녀가 노래를 부르는 장면의 배경으로 야구복을 입고 운동하는 내 모습이 편집되어 나간 덕에 나도 유명세를 탔어요.

〈기막힌 자들의 도시〉에 출연한 뒤, 나는 정말로 '화제의 인물'이 되어버렸어요. 지상파 방송이 케이블 채널을 통해 계속해서 재방되었고, 몇몇 장면은 온라인에서 널리 퍼져나 갔어요. 방송에 입고 나갔던 핑크색 핑거 아이 티셔츠를 길 거리에서 쉽게 볼 수 있게 되었어요. 이른바 짝퉁 티셔츠도 등장했어요. 디앤엔은 진지하게 핑거 아이 브랜드를 론칭하 자고 제안했어요.

그 후로 방송국에 갈 일이 더 많아졌어요. 쉴 틈이 없었어 요. 심지어 외국 매체들도 관심을 가졌어요. 신기한 것은 그 런 일들이 자연스럽게 느껴졌다는 거예요. 마치 새로 생긴 눈에 금세 적응했듯, 바빠진 삶에도 금세 적응했어요.

방송을 본 WILL은 어떻게 자기 얘기를 한마디도 안 할 수 있느냐고 투덜거렸어요. 나는 녹화 때마다, 인터뷰할 때 마다 했는데 방송에도, 지면에도 나오지 않았다고 해명했어 요. 당연히 WILL은 믿지 않는 눈치였어요. 그래도 표정은 밝았어요. 내가 유명해지는 것도, 우리가 여전히 친구인 것 도 매우 만족스러운 듯한 표정이었어요. 그리고 변함없이, 늘 그랬듯 내 앞에서 시시껄렁한 농담을 하며 즐거워했어 요. 허벅지를 벅벅 긁으면서.

가끔 최고의 엠시와 디앤엔에게 문자메시지로 안부를 전하기도 했어요. 두 사람은 모두 친절하게 답신을 해줬어요. WILL은 그 답장을 보고 신기해했지만 부러워하는 것 같지는 않았어요. 어쩌면 나에게 맞춰주느라 신기해하는 척했던 것일지도 몰라요.

나는 예전에 병원 대기실에서 보았던 프로그램에도 출연하게 되었어요. 스타와 일반인이 함께 여행을 다니는 프로그램에 스타의 자격으로 초대받았어요. 그 방송에 나가 손가락 눈 때문에 찾은 병원 대기실에서 이 프로그램을 처음 봤다고 얘기했더니 다들 재밌어했어요. 출연 전부터 그 프로그램의 팬이었다는 내용의 기사가 뜨기도 했어요. 그 기사를 읽으면서 브라더의 스크랩북을 생각했죠.

중성적인 목소리가 매력적이라는 이유로 라디오 방송에도 몇 번 출연했어요. 심야에 케이블 채널에서 하는 야구 해설 프로그램에도 초대받았어요. 대선배님들 옆에 앉아 야구에 대해 몇 마디 거들었어요. 다행스럽게 나를 싫어하는 선배님들과는 함께 출연하지 않았어요. 스튜디오에서 전설적인 선수들을 직접 보는 것만으로도 신기한 경험이었어요.

그분들도 나를 보고 신기해하는 눈치였어요. 다음 날이면 전설적인 대선배님들의 전문적인 멘트보다 내가 한 시시껄렁한 말이 더 많이 보도돼서 민망하기도 했지요.

처음에는 나를 그저 '신기한 사람'으로 포장하려고 했던 프로그램들이 차차 콘셉트를 바꾸면서, '용기 있는 사람'으로 만들어줬어요. 역시 인기가 생기면 용기가 따라오는 법이죠.

내가 선입견을 깨고, 약점도 숨기지 않고 당당하게 세상에 보여줬다며 '멋진 사람'이라고들 했어요. 틀린 말은 아니지만 부담이 됐죠. 나는 그렇게 멋지지도, 용기 있지도 않으니까요.

처음 방송을 하면서는 야구 선수가 되기로 결심한 이유를 반복해서 말해야 했고, 가운뎃손가락에 생긴 눈을 수십 번씩 보여줘야 했는데, 출연 횟수가 늘수록 그럴 필요가 없어졌어요. 사람들은 더 이상 나의 성별이나 새로운 눈에 관심을 갖지 않았어요. 방송에서 나는 손가락 눈과 상관없이 매사 열심히 하는 건전한 이미지의 인물이 되어가고 있었어요. 심지어 내가 남자인지 여자인지, 야구 선수인지 축구 선수인지, 내 손가락에 눈이 있는지조차 모르는 사람들도 있었어요.

사람들의 관심이 내 외모나 손가락 눈이 아닌, 나 자체로 옮겨지고 있다는 느낌이 들었어요. 사람들은 더 이상 손가락 눈에 관심을 갖지 않았어요. 손가락에 달린 눈이 아니라 얼굴에 달린 눈을 보며 이야기하기 시작했어요.

방송 때문에 운동을 할 틈이 없었어요. 의사가 당분간 무리한 운동을 하지 말라고 했으니 그 말을 따라야 했지만, 방송을 하는 것도 무리한 일이긴 마찬가지였어요. 분명히 새롭고 신나는 경험이었지만 생각보다 힘들었어요. 당분간이 얼마나 긴 기간인지도 애매했고요. 하지만 방송은 야구처럼 매력이 있었어요. 빠져들 만한 매력이.

그동안 야구는 충분히 했으니 잠시 쉬어가는 것도 나쁘지 않겠다는 생각이 들었어요. 일종의 변명이었죠. 그럴듯한 변명이요. 어쨌든 손가락에 눈이 있는 한, 제대로 된 투구는 불가능했어요. 더없이 적당한 핑계였죠.

브라더는 가끔 감독님과 통화하곤 했어요. 하지만 통화를 마친 후에도 별말을 하지 않았어요. 단, 이후 경과를 검사하러 병원에 가는 날에는 나와 동행했어요.

어떤 사람들은 나와 가수 겸 배우인 소녀의 친분에 관심을 갖기도 했어요. 실제로 우리는 자주 연락을 주고받았어요. 꽤 길게 통화를 하면서 속 깊은 대화를 나누곤 했어요. 물론 나도 바빴지만, 가수 겸 배우인 소녀가 훨씬 더 바빴어요.

가끔 신문에 우리에 관한 기사가 실리면 댓글이 많이 달렸어요. 다정해서 보기 좋다고 응원하는 사람들도 있었지만, 우리 언니 옆에서 얼쩡거리지 말고 꺼지라는 글도 많았어요. 일종의 협박이었죠. 그 협박이 그리 기분 나쁘지만은 않았어요. 질투같이 느껴졌거든요. 질투의 대상이 된다는 건 내가 그만큼 가치 있는 사람이라는 뜻이니까요. 아주 가끔이긴 했지만, 나를 응원하는 댓글도 있었어요. 정체성을 잃지 말고 어디서든 당당하라고.

짬이 생기면 가수 겸 배우인 소녀의 촬영장에 놀러 가기도 했어요. 멀리서 소녀를 지켜보고 있으면 푸른 바다가 보였어요. 소녀는 모두의 위안이 되는 사람이었지만, 자신의 위안을 찾지 못하는 것 같았어요. 나 역시 위안을 받기 위해 소녀를 만나러 갔으니까요. 그래서 안쓰러웠어요. 가끔씩 무대 조명 아래 선 모습은 위태로워 보였어요. 나를 보며 웃어주는 모습도 안쓰러웠어요. 소녀의 노랫말처럼 '어디에서 있든지 따뜻한 미소로만 지내길' 바랐어요. 소녀는 좋은 사람이었으니까요. 바다와 같은 사람이었으니까요. 다정하고 또 친절했죠. 겉과 안이 다 아름다웠어요. 아주 가끔 만나도, 어디에서든 반가운 사람.

소녀도 나를 보면 마음이 편해진다고 했어요. 우리 사이엔 설명할 수 없는 '끈' 같은 것이 있는 것 같았어요. 부모님이 일찍 돌아가셨다는 것. 하늘 아래 혈육이라고는 브라더뿐이라는 것. 나와 백이를 묶고 있는 끈이, 나와 소녀 사이에도 있는 것 같았어요. 그 끈의 존재를 서로 알게 된 후로는 '얼마나 자주', '얼마나 오래'는 중요하지 않게 되었어요.

그동안 우리 팀은 주말 리그에서 이기고 지는 것을 반복했어요. 에이스가 빠진 '이 없는 잇몸 야구'로 선전되고 있었죠. 내 유명세 덕분에 우리 팀이 이기면 그 경기는 크게 보도되곤 했어요. 예상보다 성적이 좋았던 건 그래서일지도 몰라요. 고교 야구팀이 신문에 실리는 일은 거의 없거든요. 그래서 더 열심히 했는지도 몰라요. 마음에 들지 않는 표현이지만 우리 팀이 더 남성다워졌다고 보도하는 매체도 있었어요. 강해졌다는 의미겠죠.

담임선생님은 가끔 전화를 해서 내 안부를 묻곤 했어요.

처음에는 새삼스러웠지만, 자꾸 받다 보니 자연스러워졌어요. 가끔은 내가 먼저 전화를 걸기도 했어요. 하지만 감독님은 연락 한번 없었어요.

가끔 흙먼지 날리는 운동장의 풍경이 떠오르기도 했어요. 손가락에 눈이 생긴 뒤 구석에 쪼그리고 앉아 다른 선수들이 뛰는 모습을 지켜보던 일이 생각났어요. 그럴 때면 뭔가 짠한 느낌이 들었어요. 여전히 그렇게 뛰고 있을 선수들이 그리워지기도 했어요.

물론 한시도 백이를 잊은 적은 없어요.

그때 만나자는 약속은 지키지 못했지만, 항상 백이를 생각했어요. 물론 시간이 전혀 없었던 건 아니에요. 가끔 여유가 생기면 가수 겸 배우인 소녀를 보러 갔어요. 백이를 만나는 데 마음의 준비가 필요했거든요. 물리적인 시간이 아니라 심리적인 여유가 필요했던 거죠.

이런저런 이유를 대며 약속을 미룰 때마다, 백이는 항상 그랬듯 차분한 목소리로 알았다고 했어요. 그리고 시간이 될 때 꼭 연락을 달라고 했어요. 꼭 직접 만나서 해야 하는 이야기가 있다고, 전화가 아닌 얼굴을 보고 해야 한다고 했어요. 그 얘기가 무엇인지 궁금했지만 나는 여전히 여유를 낼 수 없었어요. 시간이 나면 그냥 추억했어요. 백이와 함께 했던 시간들을 회상했어요. 걷던 골목들, 함께 나누던 이야 기들, 나눠 먹던 달콤함들.

시간이 흘러갔어요.
옷장에는 핑거 아이 티셔츠가 쌓여갔어요.
'아이 핑거스I Fingers'라는 팬클럽도 생겼어요.
긴소매가 반소매로 바뀌는 계절이 되었어요.

평소처럼 피곤한 몸을 끌고 집에 들어왔어요. 가을/겨울 시즌 티셔츠 프로모션을 위한 화보 촬영을 하고 온 날이었 어요.

브라더는 회사에서 돌아오지 않았고, 시스터는 서재에서 번역을 하고 있었어요. 시스터에게 오랜만에 디앤엔을 만난 소감을 얘기해주고 싶었어요. 최고의 엠시 소식도 전하고 싶었어요. 디앤엔은 비밀이라면서 최고의 엠시가 새로운 프 로그램을 준비하고 있다고 털어놨어요. 가슴을 들었다 놓을 만큼 감동적인 내용의 '휴먼 예능'을 준비하고 있다고요.

그런 얘기들을 줄줄 하고 싶었지만, 시스터는 아주 바빠 보였어요. 나를 피하는 것 같기도 했고, 그냥 바쁜 척하는 것 같기도 했어요. 하지만 결론은 같았어요. 시스터는 요즘 시스터의 세계에 빠져 있었어요.

방에 들어와 침대에 누웠을 때, 전화벨이 울렸어요. 몸을 일으키기조차 귀찮아 팔을 쭉 뻗어 손가락으로 누구에게 온 전화인지 확인했어요. 혹시 가수 겸 배우인 소녀는 아닐까, 백이는 아닐까 하는 기대가 살짝 있었죠.

최고의 엠시였어요.

용수철처럼 몸을 벌떡 일으켰어요. 최고의 엠시가 직접 전화를 한 건 처음이었어요. 메시지로 안부를 주고받고 방송국에서 만나 반갑게 인사하고 점심 식사를 함께한 적도 있었지만, 직접 전화를 한 적은 없었어요. 떨리는 마음으로 전화를 받았지요.

최고의 엠시는 전화로도 어색함이 느껴지지 않도록 대화를 잘 이끌었어요. 처음 통화를 하는 사이라고는 믿을 수 없을 만큼 마음이 편했어요. 안부를 묻고 이런저런 농담을 하다가 혹시 방송에 고정 출연할 생각이 없냐고 물었어요. 분명히 뜬금없는 질문이었지만, 아주 자연스럽게 들렸어요.

내가 바로 대답을 못 하자, 최고의 엠시는 구체적으로 설명을 이어갔어요. 디앤엔이 말한 바로 그 휴먼 예능 프로그램이었어요.

세상 밖으로!
프로그램 제목이 〈세상 밖으로〉라고 했어요. 어째 귀에 착 감기진 않았어요.
오래된 흑백영화 제목같이 고리타분하게 느껴졌어요.

용기가 없어 세상 밖으로 나오지 못하는 사람들을 이끌어 세상과 다시 만나게 해주는 프로그램이라고 했어요. 설명을 듣고도 잘 이해가 되지 않았어요. 용기가 없어 세상에 나오지 못하는 사람이라…… 왜 세상 밖으로 나오지 못하는지, 그런 사람들을 어떻게 끌어낼지 잘 그려지지 않았어요.
무엇보다도 내가 뭘 어떻게 도울 수 있을지 감이 잡히지 않았어요. 최고의 엠시는 그냥 내가 겪은 이야기들을 해주고 평소의 모습만 보여주면 된다고 했어요. 나는 전화기를 든 채 말없이 고개만 끄덕거렸죠.
내가 겪은 일을 들려준다고, 손가락에 눈이 생긴 이야기를 들려준다고 사람들이 용기를 내서 세상 밖으로 나올까?

꽤 긴 통화를 마친 뒤 누군가와 상의하고 싶었어요. 반드시 그렇게 해야 할 것 같았어요. 조언이 필요한 순간, 있잖아요. 문틈으로 손가락을 내밀어 거실을 봤는데, 아무도 없었어요. 나는 WILL에게 전화를 할까 하다 참았어요.

혼자 거실 소파에 누워 텔레비전을 보았어요. 브라더와 시스터처럼 그냥 보는 척이라도 하고 싶었어요. 가수 겸 배우인 소녀가 찍은 광고가 나왔어요. 방송국에서 만난 얼굴들이 텔레비전에 나오기도 했어요. 방금 통화한 최고의 엠시를 보고 있자니 묘한 기분이 들었어요. 현실과 가상이 마구 뒤섞인 듯한 느낌이었어요.

내가 어디 있는지 혼란스러웠어요. 현기증이 느껴졌어요. 당장에라도 바닥에 토하고 싶을 정도였어요. 도수가 맞지 않는 안경을 쓴 것 같기도 했고, 난시용 안경을 쓰고 있는 것 같기도 했어요. 중학교 때 자주 하던 롤플레잉 게임을 한 후 현실로 돌아온 기분이었어요. 방바닥이 마구 춤을 췄어요. 하얀 천장도 파도처럼 출렁거렸어요.

그때 현관문이 열렸어요. 시스터였어요. 서재에서 번역을 하는 줄 알았던 시스터가 검은색 비닐봉지를 들고 나타났어요. 엄청 크고 묵직해 보이는 봉지였어요. 물어보지도 않았는데, 시스터는 닭발을 사 왔다고 했어요. 분명히 닭발이라고 했어요. 닭발이라는 말에 한참을 출렁이던 천장이 멈췄어요.

시스터가 어색하게 웃었어요. 시스터의 웃음을 보고 나니 바닥이 더 이상 움직이지 않았어요. 나는 손가락으로 눈웃음을 지어 보였고, 시스터는 주방으로 들어갔어요. 닭발이라니 브라더 때만큼이나 뜬금없다는 생각이 들었지만, 아무 말도 하지 않았어요.

시스터는 화려한 꽃무늬 접시에 닭발을 담아 왔어요. 소주잔도 가지고 왔어요. 같이 먹자고 했어요. 나는 차마 싫다는 말을 하지 못하고 맞은편에 앉았어요. 시스터는 각각의 잔에 한가득 소주를 따랐어요. 건배를 제의하더니 쭉 마신 후, 닭발을 덥석 집었어요. 그리고 믿을 수 없을 정도로 큰 소리를 내며 오도독오도독 닭발을 씹었어요. 그 소리를 듣자 군침이 났어요. 시스터는 내게 힘들지 않으냐고 물었어요. 쉬고 싶지 않으냐고 물었어요. 나는 대답을 못 했어요. 닭발 씹는 소리에 놀라고, 갑작스러운 질문에 또 놀란 상태였거든요.

시스터는 자기 잔을 비우고 바로 다시 채웠어요. 이번에는 고맙다고 했어요. 시스터가 내게 고마울 일이 없는데, 도

대체 왜 이러나 싶었어요. 내가 이해할 수 없다는 표정을 짓자, 시스터는 천천히 그 이유를 설명했어요.

투수의 손가락에 눈이 생기다니, 당혹스러운 상황이었을 텐데 잘 적응해줘서 고맙다고 했어요. 브라더와 자신이 그리 적절하게 대응하지도 못한 것 같은데 스스로 이겨나가는 모습이 멋지다고 했어요. 그 변화를 통해 새로운 세상과 만나고, 사람들과 소통하고, 당당하게 생활하는 모습이 보기 좋다고 칭찬해줬어요.

그것 말고도 편견과 싸우느라 힘들었을 텐데, 견딜 수 없는 순간도 많았을 텐데, 충분히 쉬고 싶었을 텐데 묵묵히 해나가는 모습이 대견하다고 했어요. 내 모습을 통해 시스터도 많은 용기와 위안을 얻는다고, 계속 그 모습을 지켜나가면 좋겠다고 격려해줬죠. 내가 뭐 한 게 있다고……. 쑥스러웠지만 어쩐지 가슴이 뭉클했어요.

사실 최고의 엠시와 함께할 새로운 프로그램에 대해 조언을 구하고 싶었는데, 그럴 분위기가 아니었어요. 아무 말도 하지 않았는데, 시스터가 내 핑거 아이를 보고 누군가는 용기를 내서 세상 밖으로 나올지도 모른다고 했어요. 야구도, 방송도 지금처럼 당당하게 하라고 했어요. 하지만 가끔은 휴식도 필요하니 조바심 내지 말라고 했어요. 어떤 게 당당한 것인지, 언제쯤 쉬어야 하는지 알 수 없었지만, 그냥 고개를 끄덕거렸어요. 시스터는 닭발이 담긴 접시를 내 쪽으로 쭉 밀었어요. 순간 손을 뻗을 뻔하다가 말았어요. 시스터는 그런 나를 보며 웃었어요. 나는 잠시 고민하다가 닭발 하나를 천천히 집어 들었어요. 달콤한 오레오를 상상하며 입 안에 쏙 밀어 넣었어요. 그리고 시스터처럼 오도독오도독 씹었어요. 맛있게 먹는 척을 했어요. 소리는 정말 맛있게 났어요.

오도독.
오도독.

현관문이 열렸어요. 브라더였어요. 브라더는 시스터와 내가 닭발과 소주를 먹고 있는 모습을 보고 놀란 표정이었어요. 그러더니 다짜고짜 시스터에게 언제부터 닭발을 먹기 시작했느냐고 물었어요.

시스터는 웃으면서, '오늘부터'라고 대답했어요. 브라더가 내게도 같은 질문을 던졌어요. 나는 입에 든 것들을 꿀꺽 삼

킨 뒤 대답했어요. 하지만 아직 입안에 남은 것들이 있어서
그 말은 꼭 질문처럼 들렸어요.

— 오늘부터?

15. 세상 밖으로

조연출이 아이에게 프로그램에 대해 설명한다. 아이는 언제나처럼 진지하게 경청한다.

〈세상 밖으로〉는 파일럿 방송으로, 시범적으로 2회가 방영된 뒤 정규 편성 여부가 결정된다. 휴먼 예능이니만큼 억지로 웃기는 장면을 줄이고, 자연스럽게 상황에 몰입하면 된다. 최고의 엠시가 전화로 했던 설명과 거의 같다.

'세상(과) 안 (친한) 사람'들이 주인공인데, 최고의 엠시와 아이는 그들이 세상 밖으로 나오도록 돕는 역할을 하면 된다. 조연출은 실패해도 드라마는 만들어질 테니 걱정하지 말라고 덧붙인다. 억지로 이야기를 만들려고 하지 말고 편하게 하라고 한다.

최고의 엠시와 아이가 도착한 곳은 전형적인 시골 마을이다. 서울에서 멀지 않은 곳인데도 분위기가 너무나 달라 두 사람은 놀란다. '세상 안 사람'이 집 밖으로 나오지 않은 지 10년이 넘었다고 한다. 슈퍼도 가지 않고, 친구도 만나지 않는다고 제보자인 남편이 증언한다. 종일 집 안에서 텔레비전만 들여다본다고 한다. 진행 역할인 두 사람은 놀라며, 한편으로 못 믿겠다는 반응을 보인다.

남편은 세상 안 사람이 최고의 엠시의 열혈팬이라서, 용기를 내서 출연 신청을 했다고 털어놓는다. 주인공도 방송 출연에 동의했지만 막상 카메라가 돌아가자 촬영은 쉽지 않다. 주인공이 최고의 엠시와 따로 대화하고 싶다며, 카메라를 거절한다. 최고의 엠시가 혼자 방으로 들어가 주인공과 대화를 나눈다.

— 아이야, 잠시 들어와볼래?

최고의 엠시가 아이를 부른다.

거실에서 기다리던 아이가 놀란다. 그리고 걱정스러운 표정으로 방 안으로 들어간다. 아이는 자신이 무슨 역할을 할 수 있을지 반신반의한다. 그저 손가락 눈을 좌우로 굴리면서 최대한 긍정적인 분위기를 연출한다. 놀랄 줄 알았던 주인공은 스스럼없이 웃는다.

— 아이 씨, 손가락에 달린 눈이 생각보다 훨씬 귀여운데요.

아이는 기분이 좋다.

'씨'라는 말에 한 번. 존중받는 기분이다.

'귀엽다'는 말에 한 번 더. 칭찬받는 기분이다.

그리고 그 앞에 붙은 '훨씬'이라는 말을 떠올리며 다시 한 번 웃는다.

아이는 주인공과 인사를 나눈 뒤 맞은편에 살포시 앉는다. 아이가 시시껄렁한 근황을 얘기하는 도중, 주인공이 말한다.

— 아이 씨, 목소리는 라디오가 더 낫다!

반말이다.

솔직하다.

다정하다.

아이는 기분이 더 좋아진다.

다정한 톤의 반말이 아이를 편하게 만든다. 아이는 자신
도 모르게 웃는다. 그 장면이 카메라에 담긴다. 최고의 엠시
는 주인공이 아이의 이야기를 자세히 듣고 싶어 한다고 전
한다.

아이는 고개를 끄덕이며 무슨 이야기를 해야 할지 고심한
다. 주인공의 눈빛에서 아무 말이나 어서 시작하라는 독촉
의 기운이 느껴진다. 아이는 어디서부터 시작할지 망설이다
가, 우승하고 집에 돌아온 날 브라더와 술을 마신 이야기부
터 털어놓는다.

— 어디서부터 시작할까요? 브라더 얘기부터 할까요? 언
제부턴가 나이가 많은 남자 형제를 브라더라고 불렀어요.
커서도 그게 고쳐지지 않아 그냥 브라더라고 부르고 있어
요. 나는 그게 편해요. 부르는 사람이 남자든 여자든 상관없
는 그런 호칭이 좋아요. 브라더는 무뚝뚝하고 말이 없는 사
람이에요. 엄한 아버지의 가면을 쓰고 있는 사람이라고나
할까요?

왜 자신이 브라더 이야기를 먼저 했는지, 그 후로 시스터 이야기까지 했는지, 감독과 WILL과 백이의 이야기를 술술 풀어놓았는지 아이 스스로도 이해를 못 한다. 자신의 입에서 그렇게 다정한 말투가 흘러나왔다는 사실도 놀랍다.

다행스럽게도 아이의 이야기를 들으면서 주인공의 표정이 밝아진다. 주인공도, 최고의 엠시도 길고 긴 이야기를 경청한다. 아이는 그 순간을 기다려온 것처럼 술술 이야기를 펼친다.

— 10년 전만 해도 어렵지 않게 백이를 만날 수 있었어요. 그때는 내가 손을 잡아도 가만히 있었어요. 손을 잡고 다니는 우리를 보고 사람들은 예쁘다고 했어요. 사랑스럽다고 했어요. 함께 놀이터에서 놀기도 했어요. 같이 슈퍼에 가서 과자를 사 먹기도 했어요. 오레오 하나를 반으로 나눠 먹는 것을 좋아했어요. 누가 더 크림이 많은지 서로 확인하면서요. 골목을 걸으며 조잘조잘 이야기도 많이 했지요. 서로 얼굴을 보면서 말이에요. 하지만 언젠가부터 백이가 나를 피하는 것 같더니, 지금은 내가 백이를 피하고 있는 것 같아요.

주인공은 자신의 첫사랑 사연을 공개하면서 이야기를 거

든다. 최고의 엠시가 남편분이 첫사랑이 아니셨냐고 묻자, 주인공은 말도 안 되는 소리 하지 말라고 핀잔을 준다.

— 그래도 눈이 없어져버린 것보다는 하나 더 생긴 것이 훨씬 낫다고요. 등짝, 옆구리, 다리에 생긴 것보다 훨씬 좋잖아요. 똥구멍, 귓구멍, 콧구멍은 상상만 해도 불편하네요. 그런 데가 아니라 기왕이면 손가락 끝에 생겨서 얼마나 다행이에요.

새로운 눈을 발견한 뒤 긍정적으로 생각하려고 노력했다는 부분에서 주인공은 말없이 듣기만 한다. '놀라도 변하지 않는 것에는 놀랄 필요가 없다'는 WILL의 말을 전하자, 주인공보다 최고의 엠시가 더 공감을 한다. 행사장에서 구청장이 기절한 에피소드에서는 다들 박장대소를 한다.

— 현관문이 열렸어요. 브라더였어요. 브라더는 시스터와 내가 닭발과 소주를 먹고 있는 모습을 보고 놀란 표정이었어요. 그러더니 다짜고짜 시스터에게 언제부터 닭발을 먹기 시작했느냐고 물었어요.
아이의 이야기를 듣던 주인공이 자신도 닭발을 먹어본 적이 없다고 한다. 한번 먹어보고 싶다는 말도 덧붙인다. 그 타이밍을 놓치지 않고 최고의 엠시가 다음에는 닭발을 사 가지고 오겠다고 한다. 그 말에 모두 흐뭇하게 웃는다. 웃음이 잦아들자 아이가 조심스럽게 묻는다.

— 오레오는 드셔보셨어요? 맛있는데.

주인공은 살짝 웃으며 천천히 고개를 젓는다. 침묵이 흐른다. 아이는 다시 용기를 내어 묻는다.

— 근데, 다른 사람들과 뭐가 다른 거죠?

아이는 눈앞의 사람이 이 프로그램의 주인공이 된 이유가 '다름' 때문이라고 생각한다. 주인공이 세상 안 사람이 된 것은 다름 아닌 '다름' 때문이라고 믿는다.

정말 세상과 담을 쌓고 싶었다면 최고의 엠시도, 방송국 스태프들도 만나선 안 된다. 아이의 질문에 주인공은 긴 한숨을 내쉰다. 하지만 입가에는 어쩐지 속 시원하다는 듯한, 얕은 미소가 걸린다. 너무 얕아서 별로 티가 나지 않는, 하지만 아이의 눈에는 분명히 보이는.

— 나도 아이 씨처럼 남들과 좀 달라.

'아이 씨처럼'이라는 말에 다들 궁금해한다.

특히 아이가 가장 궁금해한다. 누구도 선뜻 입을 열지 못한다. 의미를 정확히 파악하지 못해서다. 정적이 흐른다. 방송이었다면 배경음악이 흐르고 있었을지도 모른다.

아이는 순간적으로 주인공의 손가락을 살핀다.

주인공은 고개를 흔든다.

아이가 눈빛으로 그럼 어디냐고 묻는다. 주인공이 갑자기 꼼짝도 하지 않는다. 모든 것이 멈춘다. 말도, 몸도, 마음도, 시간마저도 멈춘 것 같다.

긴 고요 끝에 나온 주인공의 한마디.

— 상상만 해도 불편한 곳에.

미안해하는 아이의 표정을 보며, 주인공이 괜찮다고 고개를 끄덕이며 말을 잇는다.

— 난 똥꼬에 있거든.

반말이다.
솔직하다.
다정하다.
똥꼬라는 단어가 귀엽기까지 하다.

최고의 엠시도, 손가락에 눈이 생긴 아이도 주인공의 말
을 듣고도 믿지 못한다. 주인공은 모두의 얼굴에 믿지 못하
겠다는 기색이 떠오른 것을 보고 다시 한번 천천히 말한다.

— 부끄럽지만, 똥구멍에 눈이 생겼어요. 크진 않지만, 확
실히 있어요. 보여드리긴 좀 민망하지만요.

존대다.
그래도 솔직하다.
그리고 진솔하다.

최고의 엠시가 얼어붙는다. 아닌 척 숨기려 하지만 그러
지 못한다. 아이는 미소 짓고 있다. 역시 숨기려 하지만 그

렇게 되지 않는다.

— 우린 한 뿌리에서 나온 셈이니, 가족인 건가? 호호. 어
때, 아이 씨?

아이가 웃는다.
'우리'라는 말에 한 번.
'가족'이라는 말에 한 번 더.
그리고 '호호'라는 웃음소리를 떠올리며 다시 한번 웃는
다. 결국 웃음이 크게 터진다. 아이와 주인공이 함께 웃어버
린다. 아이가 웃으면서 주인공에게 한마디 건넨다.

— 맞아요, 우리, 가족, 호호호.

아이는 말하면서 어떤 끈을 생각한다. 어쩌면 주인공과
아이 사이에 어떤 끈이 연결되어 있을지도 모른다는 생각.

2주가 지나 〈세상 밖으로〉의 첫 방영일, 아이는 브라더와
시스터와 함께 소파에 앉아 프로그램의 시작을 기다리고 있
다. 브라더의 팔이 시스터의 옆구리를 감싸 안는 걸 보며 아

이가 말한다.

　— 요즘 두 사람 보기 좋네.

　브라더가 언제는 보기 나빴냐고 되받아친다. 아이는 한마디 하려다가 닭발을 생각하며 참는다. 시스터는 말없이 웃는다.

　프로그램의 오프닝은 아이가 생각했던 것과 완전히 다르다. 예능이라기보다는 다큐멘터리에 가깝다. 중후한 톤의 내레이션이 신뢰감을 더한다. 디앤엔의 원래 목소리다. 아이의 모습은 별로 비치지 않고, 심지어 최고의 엠시도 많이 나오지 않는다. 오로지 주인공 중심으로 흘러간다. 시청에 몰입하고 있을 때, 전화벨이 울린다.

　브라더와 시스터가 동시에 아이를 본다. 아이의 전화다.

　— 지금 잠깐 볼 수 있어?

　백이의 목소리는 늘 그렇듯 차분하고 담담하다. 브라더가 방송 안 보고 어딜 가느냐고 묻는다. 아이는 방송보다 더 급한 일이 있다며 집을 나선다.

16. 이상하지 않았어요

방송을 영어로 '공기air'라고 한다고 들었어요. 맞죠?
정말 방송은 공기처럼 아무 곳이나, 멀리멀리 흘러갔어요.

어쩌면 원래 인간은 눈을 두 개 가진 동물이 아니라는 생
각이 들 정도였죠.
생각보다 훨씬 더 많은 사람들이 숨겨두었던 눈에 대해
말하기 시작했거든요.

용기는 용기를 낳았어요.
그간 숨겨온 눈에 대해 밝힌다는 뜻에서 '아이밍아웃eye-
ming out'이라는 말이 신조어가 될 정도였어요. 한편으로는
쓸쓸한 일이기도 했어요. 다들 나를 '원조'라고 불렀거든요.

내가 원조일 리가 없잖아요. 원조는 인기가 없어진 사람들을 부르는 호칭이잖아요. '원조 아이돌'이라는 말은 인기가 시들해진 왕년의 스타를 부르는 말이고, 음식점 앞에 붙는 '원조 맛집' 역시 더 맛있는 곳이 많지만 어쨌든 시초인 점은 인정해주겠다는 뉘앙스가 숨어 있는 것 같아서 싫었어요. 울며 겨자 먹기로 나는 '아이밍아웃'의 원조가 되어버렸어요.

백이 덕분에 〈세상 밖으로〉의 본방송을 다 보지 못했어요.

하지만 방송이 끝난 뒤, 어마어마한 반향이 있었어요. 사람들은 더 이상 세상 밖으로 나오지 못하는 사람이 있으면 안 되겠다며 연대를 하기 시작했어요. 나는 그 방송을 다시 보지 않았어요. 최고의 엠시에게는 방송 잘 봤다고 거짓말을 했지만, 디앤엔에게도 비슷하게 말했지만, 사실 굳이 볼 필요를 느끼지 못했어요. 나도, 촬영을 하며 만났던 주인공도 이미 세상 밖으로 나왔기 때문이죠. 그 방송의 진정한 목적이 사람들을 세상 밖으로 나오게 하는 데 있다면, 대성공이었어요.

백이는 나를 이해한다고 했어요. 나는 그 말이 이해가 되지 않았어요. 무엇을 이해한다는 것일까? 가수 겸 배우인 소녀와의 미묘한 관계를 이해해준다는 뜻인지, 아니면 그간의 순애보를 인정해준다는 뜻인지 알 수 없었어요.

그렇지만 어떤 방식으로든 백이가 나를 이해한다는 것, 그리고 그렇게 말한다는 것 자체가 감동이었어요. 가슴 벅찬 일이었어요. 꿈에서나 들을 수 있었던 말을 직접 듣는다는 것은 경이로운 일이었죠. 무엇보다도 함께 있을 수 있다는 것만으로 가슴이 터져나갈 만큼 기뻤어요.

그렇게 감동적인 말을 한 뒤, 백이는 한동안 가만히 있었어요. 나도 아무 말도 하지 않았어요. 못 했다는 편이 맞겠네요. 마냥 행복했거든요. 백이가 불쑥 내 손을 잡았어요. 10년 전에 그랬던 것처럼 다정하게 내 손을 잡아줬어요. 손을 잡고 있는 우리 둘이 어떻게 보일지는 더 이상 궁금하지 않았어요. 나는 우리가 참 다정해 보인다고 느꼈어요. 그것으로 족했어요.

백이는 차분한 표정으로 천천히, 아주 부드럽게 내 핑거아이를 쓰다듬었어요. 손가락이 간질간질했지만, 이루 말할 수 없을 정도로 행복했어요. 백이의 행동이 너무 자연스러워서 이상하다는 느낌도, 새삼스럽다는 기분도 들지 않았어요.

나는 핑거 아이로 백이의 손바닥을 샅샅이 살펴봤어요. 새하얀 손바닥이 아름다웠어요. 눈이 부셨어요. 그때 처음 알았어요. 손가락에 생긴 눈도 부실 수 있구나. 사람의 손이 그렇게 눈부실 수 있구나. 또 사람이 지닌 고유한 느낌은 잘 변하지 않는구나.

백이가 갑자기 고맙다고 했어요.

놀란 나는 손가락 눈을 깜빡거렸어요. 내가 이유를 묻자, 백이는 분명히 이렇게 말했어요. '네가 나랑 온전히 같은 사람이라서 고맙다'고요.

너도 나랑 온전히 같은 사람.

나도 너랑 온전히 같은 사람.

그 말이 도무지 이해가 되지 않았어요. 온전히 같다는 의미를 알 수 없었어요. 나는 바보같이 웃으면서 그렇지, 너도 사람이고 나도 사람이니 우리는 모두 온전히 같은 사람이지, 라고 하면서 분위기를 썰렁하게 만들었어요.

우리는 조잘조잘 많은 대화를 나눴어요. 나는 대체로 정신없이 떠들었어요. 최고의 엠시와 디앤엔 이야기도 했어요. 핑거 아이 티셔츠도 하나 선물했어요. 새롭게 출시된 신상품이었어요. 수줍게 사인도 해줬어요. 백이는 환하게 웃었어요. 소리는 내지 않았지만, 정말 환한 웃음이었어요. 가수 겸 배우인 소녀 이야기도 했어요. 그 이야기를 들으면서도 백이는 웃었어요.

말없이 웃기만 하던 백이가 갑자기 카디건을 벗었어요. 바로 핑거 아이 티셔츠를 입어볼 기세였어요. 나는 괜찮다는 뜻으로 손사래를 쳤지만, 백이는 멈추지 않았어요. 집에 가서 입어보라고 했지만, 마저 벗으며 웃기만 했어요.

내게 보여줄 것이 있다고 했어요. 백이가 카디건 안에 입고 있던 셔츠는 등 부분이 시원하게 터진 옷이었어요. 펄럭이는 셔츠 자락 사이로 백이의 등이 훤하게 드러났죠.

백이가 천천히 몸을 돌렸어요. 새하얀 백이의 등을 상상하자 세 눈을 어디에 둬야 할지 몰랐어요. 통통 뛰던 심장이 점점 빠르고 강하게 뛰기 시작했어요. 백이는 상반신을 돌린 채 또박또박 말했어요. 특유의 다정한 톤이었어요.

— 여기를 좀 봐.

분명히 등을 보라고 했어요. 심장이 터질 것만 같았어요.

새하얀 피부가 작은 등을 덮고 있었어요. 자세히 보니, 등 한가운데 세로로 길게 난 흉터가 보였어요. 칼에 베인 자국 같았어요. 그 흉터를 보여주고 싶었는지도 모르겠다는 생각 이 들었어요. 나는 천천히 흉터를 살폈어요. 아주 길고 늘씬 하게 쭉 뻗어 있었어요. 아름다운 흉터였어요.

그때 흉터가 천천히 벌어졌어요. 양쪽으로 갈라지면서 번쩍, 빛이 새어 나왔어요. 백이의 작은 등이 열리는 것 같았 어요. 소리를 지르고 싶었지만, 그럴 수 없었어요. 소리가 나 오지 않았거든요. 나는 세 개의 눈을 부릅뜬 채 백이의 등을 뚫어져라 보았어요.

흉터가 좌우로 벌어졌어요. 그리고 그 틈에서 빛이 깜빡 이기 시작했어요. 백이가 말했어요.

— 맞지? 너랑 온전히 같은 사람.

나는 고개를 끄덕였어요. 경이로운 순간이었어요. 흉터가 좌우로 갈라지는 것을 보고 나는 오레오를 생각했어요. 어 린 시절, 백이와 둘로 갈라 먹던 오레오요. 모세의 기적같이, 바다가 갈라지듯이 백이의 등이 양쪽으로 갈라지는 것을 보

며 그 달콤함을 떠올렸어요. 아름답고 달콤하게 갈라졌어
요. 그 사이로 빛나는 눈동자가 보였어요. 세 눈을 부릅뜨고
봤는데, 정말 눈이 맞았어요.

　백이의 등에 눈이 있었어요.
　내 손에 생긴 것과 같은 눈이요.

　등의 눈이 깜빡거렸어요. 연달아 두 번 깜빡였어요. 나는
손가락 눈으로 등 눈을 자세히 살폈어요. 보라색 눈동자. 신
비로운 눈이었어요.

　백이는 나를 이해하고 있었어요.
　꿈에서도, 또 현실에서도 이해하고 있었어요.
　정말 이해하고 있었던 거예요.
　온전히!

　나는 핑거 아이를 감아 백이의 등에 살며시 갖다 댔어요.
백이도 등 눈을 감았어요. 눈꺼풀에서 따뜻함이 전해졌어
요. 그 따뜻함이 핑거 아이의 눈꺼풀을 통해 가슴까지 전해
졌어요.

나는 떨리는 목소리로 백이에게 고맙다고 말했어요. 백이는 천천히 고개를 끄덕였어요. 그리고 등으로 눈웃음을 지었어요. 너무나 사랑스러운 광경이었죠.

 백이와 만난 다음 날, 아침 일찍 학교에 갔어요. 동료들이 아직 나오지 않았을 시간에 학교 운동장에 섰어요. 여느 때처럼 꿀단지 아저씨가 웃으며 인사를 해줬어요. 오래간만에 학교에 온 나를 보고도 전혀 놀라지 않는 눈치였어요. 잠시 마운드에 올라가봐도 괜찮겠냐고 묻자, 아저씨는 웃으며 같이 가보자고 했어요.
 꿀단지 아저씨와 함께 야구장에 갔어요. 다이아몬드 가운데 우뚝 솟은 마운드에 서서 정면을 응시했어요. 아저씨는 감독님의 눈으로 나를 바라보고 있었어요. 진지하면서도 웃긴 표정으로.
 아저씨가 자신의 배를 가리켰어요. 내가 배를 내려다보자, 윗도리를 살짝 올려 속살을 보여줬어요. 새벽 야구장 한가운데에서 아저씨의 새하얀 뱃살을 보는 풍경이 전혀 낯설지 않았어요.
 또 한 명이 세상 밖으로 나왔다는 생각이 들 뿐이었어요. 꿀단지 같은 배 한가운데 똥그란 눈이 있었어요. 아저씨처럼 작고 귀여운 눈이었어요. 까만 콩처럼 또렷하고 초롱초롱한 눈이었어요. 나는 손가락 눈으로 눈인사를 했어요. 아저씨도 배 눈으로 내게 인사를 건넸어요. 우리는 함께 웃었어요. 그다지 크지 않지만 기분 좋은 웃음소리가 마운드 위에 깔렸어요. 마운드를 감싸며 운동장 전체로 퍼져나갔어요.

타석에서 마운드 쪽으로 바람이 불어왔어요.
시원했어요.
시원하게 불어오는 바람이었어요.

그날 오후 〈세상 밖으로〉 피디가 전화를 해왔어요. 정규 방송으로 가지 않고 파일럿에서 그치기로 했다고요. 최고의 엠시도 '파일럿의 전설'이 되자며 동의했다고 해요.

나는 며칠간 앓았어요.
집 안에만 머물며 브라더와 시스터의 간호를 받았지요. 병원에 가고 싶었지만, 어디로 가야 할지 감이 잡히지 않았어요. 특별히 아픈 곳이 없었기 때문이죠. 아픈 곳도 없이 앓았어요.

그리고 며칠 만에 거짓말처럼 털고 일어나 다시 학교에 갔어요. 꿀단지 아저씨와 평소처럼 인사를 나누고, 야구장으로 갔어요. 동료들은 이미 운동을 하고 있었어요. 땀을 흘리며 뛰는 동료들을 보자 내 심장도 같이 뛰었어요. 누군가가 나를 발견하고 소리를 질렀어요. 여기저기서 손을 흔들어줬어요. 나도 모르게 같이 손을 흔들었어요.

― 인자 니 운동 안 할 끼가?

어느새 감독님이 나타났어요.

나는 말없이 동료들에게 다가가 함께 뛰었어요. 행복했어요.

타자가 되어보는 것도 좋겠다는 생각을 했어요. 고교 때까지 투수를 하다가 타자로 전향한 전설의 홈런왕을 떠올렸어요. 아직 소질이 있다고 말할 단계는 아니었지만, 그래도 꾸준히 타석에 서왔으니 노력하면 안 될 것도 없겠다는 생각이 들었어요. 투수에서 타자로 전향한 스타들을 떠올렸어요. 생각보다 많이 떠올라 다행이다 싶었어요.

쉬는 시간에 감독님이 나만 따로 감독실로 불렀어요. 각오를 단단히 했어요. 하지만 꾸지람보다 무서웠던 건 감독실 안의 쾌쾌한 냄새였어요. 입으로만 숨을 쉬어야겠다는 각오로 감독님 앞에 섰어요. 지옥 훈련이 펼쳐질지, 타자 전향을 검토할지, 주전 박탈의 가능성도 배제할 수 없었어요. 뭐든 다 받아들일 준비가 되어 있었어요. 그런데 감독님은 별로 화난 기색이 아니었어요. 이상하게도 나를 보는 눈빛이 부드러웠어요.

감독님은 곁으로 와서 자기 귀를 좀 봐달라고 했어요. 핑거 아이로 귀 안을 살펴봐달라고 했죠. 황당한 부탁이었지만, 알았다고 했어요. 그리고 손가락을 넣어 귓속을 구석구석 살폈어요.

귓속에서 익숙한 것을 발견했어요.

또 하나의 눈이 그 안에 있었어요. 물론 이번에도 놀라진 않았어요. 나는 손가락 눈으로 귓속 눈에게 눈인사를 건넸어요. 감독님은 내 어깨를 통통 두 번 쳤어요. 우리는 아무 말도 하지 않았어요. 이후 나는 타격 연습에 집중했어요. 가끔이지만 장타를 칠 때마다 감독님은 귀를 후비며 웃었어요. 나도 웃었어요.

1회 초 무사 상황에서 타석에 들어선 느낌이었어요.

왜 그런지 모르겠지만, 그런 느낌이었어요.

그 느낌이 나쁘지 않았어요.

<u>에필로그 1</u>

출국장에서 브라더가 시스터의 옆구리를 사랑스럽게, 따뜻하게 감싸 안은 모습을 보고 무척 흐뭇했어요. 떠나면서 브라더가 나에게 고맙다고 했는데, 그 까닭도 모른 채 두 사람을 떠나보냈어요.

시스터의 말대로 경비실에 소포가 와 있었어요. 책이었어요. 시스터가 번역한 책이요. 소포를 뜯어 같은 책 스무 권을 시스터의 책상에 올려뒀어요. 재미있는 제목의 소설이었어요. 《Y씨의 거세에 관한 잡스러운 기록지》라니. 몇 장 넘겨봤는데, 도무지 무슨 말인지 이해가 되지 않았어요. 한 권 정도는 브라질로 보내야겠다고 생각하며 책을 덮었어요. 서재에는 시스터의 기운이 남아 있었어요. 어디선가 다정한 목소리가 흘러나올 것 같았어요.

　시스터의 의자에 앉았어요. 편했어요. 포근했죠. 마치 시
스터처럼.
　시스터는 처음 만났을 때부터 그랬어요.

　— 아이 씨가 편한 대로 불러요. 올케언니니, 새언니니 그
렇게 부르는 거 좀 촌스럽지 않아요? 그래, 남편을 브라더라
고 부르니까, 시스터라고 부르면 되겠네요. 그렇게 부르세
요. 시스터, 괜찮네.

　그렇게 시스터를 시스터라고 부르게 되었어요. 세상에 하
나뿐인 시스터.

　시스터의 서재에서 말로만 듣던 브라더의 스크랩북을 발
견했어요. 스크랩북에서도 브라더의 성격이 고스란히 드러
났어요. 내가 등장한 모든 신문 기사가 그 안에 있었어요.
아무런 코멘트 없이 시간대별로 차곡차곡 붙어 있었어요.
　초등학교 시절 여성이라는 이유로 야구부에 들어간 사연
이 담긴 잡지 기사부터 이름 외에는 아무런 설명도 없는 첫

선발승을 했던 경기 기록만 있는 기사, 중학교 때의 활약상과 또래 남학생들보다 잘한다는 이유로 성별 규정 논란을 일으켰던 기사, 청소년 국가대표가 되었을 때 학부형들의 반발을 다루었던 사회면 기사, 얼마 전 대회에서 우승하고 최우수 선수가 되어 했던 인터뷰와 손가락 눈에 관련된 수많은 기사들, 가수 겸 배우인 소녀와 함께 출연했던 토크쇼 기사, 최고의 엠시와 했던 휴먼 예능 기사까지. 브라더는 꼼꼼하게 모아두고 있었어요. 온라인으로도 다 찾기 힘들었을 기사들을 종이로 스크랩해두고 있었어요.

그런 사람이 브라더였어요. 세상에 하나뿐인 브라더.

그렇게 세상에 하나뿐인 브라더와 시스터가 떠나고 텅 빈 집에 나는 홀로 남았어요. 속이 허전했어요. 그래도 오레오를 먹을 생각을 하니 나도 모르게 입꼬리가 살짝 올라갔어요. 창밖에서 빗소리가 들려왔어요.

통통통.
비가 그친 거리로 산들바람이 불어오면 참 좋겠다는 생각도 들었죠.

에필로그 2

프로에 입단한 뒤 WILL을 자주 만나지 못했어요. 역시 프로가 되고 나니 시간이 없었어요. 팀의 연고지는 서울이 었지만, 당연히 지방에 있을 때가 훨씬 많았어요. 무엇보다 도 시간이 나면 백이를 만나야 했거든요. 물론 WILL도 나 름대로 바빴을 거예요.

WILL이 교환학생으로 출국한다는 소식을 듣고, 셋이 함 께 만났어요. WILL이 오레오를 던지며 말했어요.

— 옛다, 산들바람이나 먹어라.

우리는 웃었어요. 나는 봉지를 뜯고, 오레오 하나를 꺼내 둘로 나눠 백이에게 건넸어요. 백이 쪽이 크림이 더 많이 간 것 같았지만, 그래도 기분이 나쁘지 않았어요. 내가 앞니로 크림을 긁어 먹고 있을 때, 백이가 WILL에게 어디로 가느냐고 물어봤어요. WILL은 브라질로 간다고 했어요. 나는 놀라서 되물었죠.

— 포르투갈이 아니라 브라질로 간다고? 너 포르투갈어 전공이잖아?

WILL은 브라질에서도 포르투갈어를 쓴다며 웃었어요. 옆에서 백이도 함께 웃었어요.

— 도대체 브라질에 뭐가 있기에 다 브라질로 가는 거야? 브라더, 시스터 그리고 너까지? 이제 자기까지 가는 거 아니야?

내 말에 백이는 말도 안 된다는 표정을 지었어요. 정말 다행이었지요.

WILL이 브라질 신문에서 작가 소제 자라마구와 시스터가 함께 찍은 사진을 봤다고 했어요. 그 기사에서는 시스터의 옆구리 눈에 대해 언급하며, '그 눈을 통해 문학의 진가를 발견했다'는 시스터의 말이 현지에서 회자되고 있다고 전했대요. 브라더도 덩달아 유명하다고 했어요. 옆구리에 눈이 생긴 여자를 한결같이 사랑하는 남자로 말이에요.

내가 믿지 않자, 기사를 검색해서 보여줬어요. 물론 봐도 무슨 말인지 알 수 없었죠. 하지만 기사 속 사진에서 브라더와 시스터는 인상 좋은 노인과 나란히 선 채 환하게 웃고 있었어요.

'BE'라는 시스터의 필명이 기사의 제목에 섞여 있었어요. 그래서 WILL의 말을 믿기로 했어요.

브라더는 가끔 안부를 묻는 메일을 보냈지만, 대단한 내용은 없었어요. 닭발이 그립다는 말이 적혀 있을 뿐이었어요. 나는 가끔 브라더와 시스터를 생각하며 혼자 닭발을 먹었어요. 이제 오도독오도독 씹히는 맛의 진가를 조금은 알 것 같았어요. 백이는 그런 나를 이해하지 못하는 눈치였어요.

브라더는 인터넷으로 내 소식을 본다고 했어요. 시간이 맞으면 중계방송도 본다고 했어요. 브라더는 자신에게 야구는 아침 일찍 하는 스포츠라고 했어요. 브라더와 한국에 있을 때보다 더 가까워진 느낌이었어요.

브라더와 시스터가 브라질로 떠난 건 어쩌면 당연한 일이 었어요. 가야 할 곳을 찾아간 느낌이었죠. 마치 내가 야구장 으로 돌아간 것처럼 두 사람은 브라질로 가야 할 운명이었 어요.

WILL은 브라더와 시스터에게 내 안부를 꼭 전하겠다고 했어요. 그리고 떠나기 전에 우리에게 보여주고 싶은 것이 있다고 했어요. 그 말을 듣는 순간, 나는 이미 알아챘어요.

— 혹시 너는 다리에 달렸냐?

WILL은 내가 보기 싫다고 했는데도 굳이 보여주겠다면 서 꽉 끼는 바지를 낑낑거리며 걷어 올렸어요. 그리고 무릎 바로 위에 있는 눈을 보여줬어요.

그동안 본 눈 중에 제일 평범했어요. 다리에 난 눈이 평범 하다고 하면 조금 이상하게 들리겠지만, 정말 평범했어요. 그냥 다리에 난 털 같았죠.

나도, 백이도 반응이 없자 WILL은 다소 실망한 표정과 목소리로 왜 놀라지 않느냐고 물었어요.

— 새삼 놀라는 것도 웃기지 않아? 놀란다고 달라지는 것

도 없고, 너는 여전히 내 친구고, 그 눈도 계속 거기 있을 텐데. 안 그래?

WILL은 고개를 끄덕거렸어요. 백이도 옆에서 고개를 끄덕였어요.

눈 하나쯤 더 있다고 변하는 건 없더라고요. 심지어 눈이 네 개, 다섯 개 더 생긴다 해도 달라질 건 없어요. 눈은 그냥 눈일 뿐이니까요.

WILL이 화제를 전환하고 싶었는지, 가수 겸 배우인 소녀의 신곡을 들어봤느냐고 물었어요. 얼마 전 소녀도 콧속에 있던 눈을 세상에 알렸다고 했죠. 나와 백이는 놀라며 웃었어요. 그러자 WILL은 어서 들어보라며, 한 쌍의 이어폰을 내 귀와 백이 귀에 나눠 꽂아줬어요. 마지막 오레오를 나눠 먹으며 우린 음악을 들었어요.

당신을 애처로이 떠나보내고
내가 온 별에선 연락이 온 지 너무 오래되었지.
아무도 찾지 않고 어떤 일도 생기지 않을 것을 바라며

살아온 내가 어느 날 속삭였지, 나도 모르게.

이런 이런 큰일이다, 너를 마음에 둔 게.

당신을 애처로이 떠나보내고
그대의 별에선 연락이 온 지 너무 오래되었지.

너는 내가 흘린 만큼의 눈물.
나는 니가 웃은 만큼의 웃음.
무슨 서운하긴, 다 길 따라가기 마련이지만
그래도 먼저 손 내밀어주길 나는 바랐지.

나에겐 넌 너무나 먼 길
너에게 난 스며든 빛
이곳에서 우린 연락도 없는 곳을 바라보았지.

이런 이런 큰일이다, 너를 마음에 둔 게

평범한 신분으로 여기 보내져
보통의 존재로 살아온 지도 이젠 오래되었지.

그동안 길 따라 다니며 만난 많은 사람들.

다가와 내게 손 내밀어주었지, 나를 모른 채.

나에게 넌 허무한 별빛.

너에게 난 잊혀진 길.

이곳에서 우린 변하지 않을 것을 약속했었지.

이런 이런 큰일이다 너를 마음에 둔 게

이런 이런 큰일이다 나를 너에게 준 게

나에게 넌 너무나 먼 길

너에게 난 스며든 빛

언제였나 너는 영원히 꿈속으로 떠나버렸지.

나는 보통의 존재 어디에나 흔하지

당신의 기억 속에 남겨질 수 없었지

가장 보통의 존재 별로 쓸모는 없지

나를 부르는 소리 들려오지 않았지.[19]

....
19 가장 보통의 존재 (언니네 이발관)

백이가 노래가 너무 좋다며, 제목을 물었어요. 나는 언젠가 소녀와 나눴던 대화를 떠올렸어요. 소녀의 콧구멍도 생각했어요. WILL이 제목을 말해줬어요.

— 〈가장 보통의 존재〉.

우리는 노래를 들으며 손가락 눈, 등 눈, 다리 눈을 살포시 감았어요.
포근하고 한가로운 오후였어요. 자연스럽게 달콤한 것이 떠오르는 그런 날이었어요.

가장 보통의 날.
왠지 모르게 손가락이 간질간질한.

'작가의 말' 대신 '작가가 받을 편지'[1]

　《손가락이 간질간질》로 널리 알려진 대한민국의 작가 강병융은 가장 보통의 날, 평소처럼 오레오를 씹다가 예기치 못한 편지 한 통을 받게 된다. 감사의 편지인데 내용은 대략 이렇다.

　안녕하세요? 강병융 작가님, 저는 콜롬비아 마그달레나 Departamento del Magdalena 주의 작은 도시 아라카타카Aracataca[2]에 서 살고 있는 고등학생입니다. 강병융 작가님은 제가 사는

1　해당 글은 '작가의 말' 쓰기를 일주일간 고민하고, 이로 인해 고통받던 도중 갑자기 떠오른 강병융의 장편소설 《Y씨의 거세에 관한 잡스러운 기록지》의 일부를 강병융 씨의 아무런 허락도 없이 적당히 인용 및 변용했음을 밝힌다.

2　가브리엘 가르시아 마르케스Gabriel Garcia Marquez의 고향이다.

곳이 어디인지 모르실 겁니다. 여긴 콜롬비아 사람들도 잘 모르는 곳이니까요. 하지만 그런 건 중요하지 않습니다. 그냥 작은 시골 마을에 살고 있고, 저희 마을에도 축구, 사이클과 함께 야구가 인기 스포츠라는 것을 말씀드리고 싶었을 뿐입니다.

(중략)

제가 이렇게 편지를 쓴 이유는 강병융 작가님께 감사하다는 말을 꼭 전하고 싶어서입니다. 감사드립니다. 정말 정말 고맙습니다, 선생님. 강병융 작가님 덕분에 저는 큰 자신감을 얻게 되었습니다.

사실, 저에게도 '손가락 눈'이 있거든요. 작가님 소설 속 등장인물처럼 어느 보통의 날, 갑자기 '펭거 아이'가 생긴 것이죠. 그래서 함께 살고 있는 형과 미인 대회에서 우승해서 제 수술비를 마련하겠다고 보고타^{Santa Fe de Bogotá}로 상경한 누나도 제게 늘 과할 만큼 따뜻하게 대해줬습니다. 다른 집 막내들보다 훨씬 극진한 대우를 받았습니다. 부모님께서는 돈이 많이 든다고 형에겐 허락하지 않았던 야구를 하라고 지원해주셨어요. 심지어 원하면 사이클도 할 수 있다고 했습니다. 저는 그것이 미안함 때문이라고 생각합니다. 그렇게 저는 자연스럽게 가족들의 배려에 익숙해졌습니다. 하지만 다른 한편으로는 남들과 다른 '손가락' 혹은 '눈' 때문에 늘 소심할 수밖에 없었습니다. 사랑하는 야구도 제대로 할 수 없었지요.

그런데 《손가락이 간질간질》의 주인공 '유아이'가 저를 변하게 했습니다. 아이를 통해 저 말고도 세상 어딘가에 저와 비슷한 사람이 또 있을지도 모른다고 생각하게 되었습니다. 바로 그 지점에서 용기를 얻었습니다. 부모님께서도 작가님의 작품을 읽고 눈물을 흘리셨습니다. 형과 누나도 선생님의 책을 읽었습니다. 《손가락이 간질간질》은 저희 가족에게 정말 특별한 작품입니다. 원래 책 읽기를 좋아하기도 했지만, 《손가락이 간질간질》 이후로 더 독서에 빠져들게 되었습니다. 이 역시 감사드릴 일이지요.

(중략)

지금은 연애도 하고 있습니다. 상대는 눈이 '단 두 개뿐'인 사람입니다. 섹스에는 전혀 관심이 없는 무성애자입니다. 저는 애인 앞에서 당당하게 핑거 아이를 흔듭니다. 심지어 '손가락 눈웃음'을 치기도 합니다. 애인은 저의 그런 모습을 좋아합니다.

우리는 정말로 정신적인 사랑을 나누고 있습니다. 그 사람과 입 맞출 때보다 이야기를 나눌 때 더욱 행복합니다. 가끔 그 사람이 (범성애자인) 나를 위한답시고, 먼저 애무를 해오면 당혹스럽기까지 합니다. 그 사람의 '손길'보다 그 사람의 '말길'이 더 좋습니다.

저는 그렇게 나름의 방식으로 그 사람을 사랑하고 있습니다. 그 사람이 제 손가락에 생긴 눈을 보며 미소 지을 때, 온전한 사랑을 느낍니다.

작가님 덕분에 새로운 사랑뿐만 아니라, 새로운 우정도 생겼습니다. 전 세계에 살고 있는 '아이밍아웃터eye-ming outer[3]' 친구들과 연락도 하고 지냅니다. 저를 이해하고 공감할 수 있는 친구가 전 세계 도처에 있다는 사실은 그야말로 멋진 일입니다.

제가 아라카타카에서 동료들과 캐치볼을 할 때, 대서양

....

3 숨겨온 눈에 대해 밝힌다는 뜻의 '아이밍아웃'에서 유래된 말로 아이밍아웃을 한 사람이라는 뜻이다.

건너편 슬로베니아 류블랴나 메텔코바Metelkova⁴에서 슬라보이Slavoj⁵가 라시코Laško⁶ 맥주를 마시며, 자신의 성기에 생긴 눈을 자랑하는 광경을 상상하면 한결 마음이 가벼워집니다. 이렇듯 저희는 서로 마음으로 연대하고 있으며, 모두들 선생님께 너무도 감사하고 있습니다. 한국에서 가장 큰 명절이라는 설날 전후로 저희의 마음을 모아 작가님께 전달할 계획입니다. 혹시 설날까지 선물을 드리지 못하게 된다면, 스승의 날에 드릴지도 모르겠네요? 한국의 '스승의 날'이 5월 15일이라고 들은 적이 있습니다.

강병융 작가님은 저희에게 위대한 선물을 주셨습니다.

(하략)

이 편지는 작가 강병융에게 충격과 감동을 동시에 안겨준

---

4 슬로베니아의 대표적인 대안 문화공간으로 갤러리와 자유로운 분위기의 공연장, 독특한 클럽, 바, 펍 등이 있다.
5 최근에는 잘 쓰지 않는 슬로베니아의 이름 중 하나로, 이 이름을 가진 가장 유명한 사람으로 철학자 지젝Slavoj Žižek이 있다.
6 슬로베니아 최대의 맥주 공장brewery에서 만든 맥주 이름이자 그 공장이 있는 도시 이름이다.

다. (강병융은 이 편지를 '가장 보통의 편지'라고 명명했다. 이런 일이 더 이상 특별할 수 없다고 생각했기 때문이다.)

아무튼 이 작품을 계기로 숨어 살았던, 신체 어딘가에 눈이 더 있었던 사람들은 하나둘 세상 밖으로 나오기 시작했다. 강병융의 소설 덕에 그들은 세상을 새로운 시각으로 보게 된 것이다. 세상도 그들을 새로운 시각으로 보기 시작했고. 물론 여전히 다수는 그들에게 무관심하지만.

강병융이 '눈이 더 있는 사람들'에게 선물한 것은 다름 아닌 '용기'였다.

이 좁은 세상에는 참으로 다양한 인간들이 산다. 손가락에 눈이 있는 인간도 살고, 물론 그렇지 않은 인간은 더 많이 살고, 모르긴 몰라도 어딘 가엔 코가 사라져버린 사람, 또 몸 전체가 코로 변해버린 사람이 살고 있을 것이 확실하다. 아침에 일어나니 자신의 몸이 벌레로 변한 사람도 있을 수 있고, 돼지 꼬리를 달고 태어난 아이도 있을 수 있다. 쥐의 얼굴을 한 혹은 사람의 얼굴을 한 쥐가 대통령인 나라가 극동 어딘가에 있을지도 모른다.

그러나 그들은 잘 등장하지 않는다. 온전한 모습으로 밖으로, 집 밖으로, 세상 밖으로 나오기를 꺼린다. 대부분의 경우 숨어서 살고 있다. 아직은 용기가 넉넉지 않은 까닭이다. 하지만 확실한 것은 그들이 등장해도, 혹 그렇지 않더라도 세상은 크게 달라지지 않는다는 사실이다. 손가락에 눈이 생긴 투수가 노히트 노런을 해도 해가 북쪽에서 뜨는 일은 절대 없다. 성기에 눈이 달린 철학자가 월 스트리트에서 자본주의를 타도하자고 목이 쉬도록 외쳐도 미국의 자본주의가 무력화될 리가 절대 없다.

놀라지 말자.
미워하지도 말자.
놀란다고, 미워한다고 달라지는 것도 없으니.

손가락이 간질간질

ⓒ 강병융 2018

초판 1쇄 인쇄 2018년 1월 23일
초판 1쇄 발행 2018년 1월 26일

지은이 강병융
펴낸이 이상훈
편집인 김수영
기획편집 김준섭 임선영 김수현 류기일
마케팅 조재성 천용호 박신영 곽은선 노유리
경영지원 이해돈 정혜진 장혜정 이송이

펴낸곳 한겨레출판㈜ www.hanibook.co.kr
등록 2006년 1월 4일 제313-2006-00003호
주소 121-750 서울 마포구 효창목길 6, (공덕동) 한겨레신문사 4층
전화 02) 6383-1602~3 팩스 02) 6383-1610
대표메일 munhak@hanibook.co.kr

ISBN 979-11-6040-124-0 03810